JN190951

おいしいパートナーの見つけ方

Manami & Shunsuke

春名佳純

Kasumi Haruna

EB

エタニティ文庫

目次

おいしいパートナーの見つけ方

定時を少し回った頃、私——倉本真奈美《くらもとまなみ》は勤めている広告代理店のオフィスを後にする。十二月も半ばに入り、外はもうすっかり冬の気配になっていた。私は少し歩く速度を速める。

打ち合わせが長引いてしまったけど、料理教室の時間に間に合いそうだ。

「こんばんは、遅くなりました！」

教室に入ると、ドア付近にいた背の高い男性——平岡《ひらおか》先生が微笑みながら私を迎え入れてくれた。三十代半ばの先生は常に落ち着いた大人の男の人だ。自分がこの人と付き合っているのだなんて、未だに信じられない。

「こんばんは、いらっしゃい」

彼の優しげな目が私に向けられる。その瞳に熱が込もる瞬間を思い出し、身体が火照《ほて》るのを感じた。もうアラサーだというのに、私は先生の動作に一々反応して、挙動不審になってしまう。

「今日もよろしくお願いします」

私は焦ってあいさつを返して調理台に行き、エプロンを身に着けた。その頃にはもう平岡先生は調理台の前に立っていて、説明と実演がすぐに始まった。

「今日は、ハンバーグを作ります。タマネギは皮をむいたら、みじん切りにします。みじん切りはタマネギを半分にして、このように切り込みを入れ……」

野菜の皮をむいていく繊細な指先。包丁を握る大きな手。ミンチをこねるたびにしなる手首。

それらが私の身体に触れる感触を思い出して、ぼうっとなった。私の胸元に添えられる大きな手のぬくもりを思い返す。手先が器用な彼は、いつも気がつかない間に私のブラを外してしまう。

その手に見とれていたら、説明を聞き逃しそうになり慌ててメモをとった。

「それでは、みなさんも調理に取りかかってください」

平岡先生が二度ほど手をたたいた。これが合図となり、生徒たちは手を洗って調理に取りかかる。私も不慣れな手つきで包丁を持った。

しかし、タマネギがなかなか上手く切れない。

悪戦苦闘していると、平岡先生が来てくれた。

「倉本さん、包丁はもっと上の方を持つといいですよ。こんな感じで……」

包丁を持つ私の手に、平岡先生の手がそっと重ねられる。私より少し体温の高い彼の手は、私の手を正しい位置に導く。そのぬくもりを意識してしまい、つい気がそれそうになった。

「こ、こうですか？」

「そう、その感じです。あともう少し、頑張りましょうね」

穏やかな声が耳元で響く。それがベッドの中で私の名前を囁《ささや》く時の声と重なり、思わず彼の薄い唇を見つめてしまった。自分が自分じゃないみたいで、ふわふわした心地に陥《おちい》っていく。

「あっ、はい」

まずい。今はレッスン中なのに。

我に返った私はすぐに返事をし、包丁を持ち直す。そのまま慎重に動かしてみるものの、やっぱり上手に切れなかった。

それは、先生のことばかり考えてぼうっとしていたからじゃない。私は究極の料理音《おん》痴《ち》。いくら指導の上手な先生に教えてもらったって、なかなか上達しない。

ただでさえ下手なのに、肝心なレッスンに集中できないなんて……

そう落ち込んでいたら、ふいに柔和な笑みを向けられた。

「倉本さん、どうしました？　手が止まっていますよ」

「あっ、すみません！」

まだ先は長いかもしれないけど、それでも、料理を頑張るって決めたんだから。

そう決意したのは、今から三ヶ月ほど前のことだった。

＊＊＊

まだ残暑の厳しい九月中旬。

暑い日は、オフィスにどこか間延びした空気が漂う。だけど今日は、納期の締切日。

さすがに誰ものんびりしてはいなかった。

「倉本ー、例の記事は上がってきたのか？」

「はい。たった今、着きました！　これからチェックします」

「まったく、ギリギリだな……。いけそうか？」

「はい、間に合わせます！」

岩本《いわもと》課長とそんな会話を交わしたのが、三十分前のこと。

そして――

「納品完了しました！」

ホッと一安心して、一気に脱力してしまう。もう身も心もボロボロだ。余力はなく、そのまま机につっ伏した。きっと髪もボサボサのはず。

そういえば、前に美容院へ行ったのはいつだっけ……

真っ黒で重苦しい髪がすっかり伸びきってしまった。今週末にでも切りに行こう。

私、倉本真奈美が勤めているのは「オフィスミユウ」という会社。求人情報に特化した広告代理店だ。情報サービスを提供する大手企業「トップマーケティング」のパートナー社――と言えば聞こえはいいが、ようするに下請けだ。従業員は十名程度と規模も小さい。

主な業務内容は、週刊の求人フリーペーパーの原稿作成。新卒で入社してから早六年、気づけばもう二十八歳になってしまった。

就職当初は、こんなにも自分が仕事人間になるなんて思ってもいなかった。

元々、広告業界に就職したかったというわけでもない。できることなら大手企業の総務、それが難しければ、どこでもいいから事務職に就きたいと考えていた。だけど、そんな漠然とした私の進路希望は、就職難の寒波《かんぱ》に木《こ》っ端《ぱ》微塵《みじん》に砕かれてしまったのだ。

大学四年生の夏の終わり。内定が取れず、就職浪人の四文字が見えてきた私はさすがに焦った。すがる思いで飛び込んだのはハローワーク。そこで見つけたのがオフィスミユウの求人情報だった。若干名のプランナー募集で、経験者優遇といったもの。経験はなかったけれども、だめもとで幾度かの面接に臨《のぞ》んだ。この会社にも落ちてしまったら後がないという必死の思いが功を奏したのかもしれない。最終の社長面接で「本当は経験者が欲しかったのだけど。君の情熱を買って、合格ね」の言葉をもらったのだった。

「真奈美先輩、お疲れ様です！」

机に身体を預けたまま顔を横に向け、声がした方を見る。そこには明るい笑みを浮かべた女子が一人いた。

「美織《みおり》は何でそんなに元気なの？　私、もう顔を上げる力すらないんだけど」

「だって、ようやく仕事から解放されたんですよ。これは喜ぶっきゃないでしょー？」

川崎《かわさき》美織は、私より二つ年下の二十六歳。栗色のボブヘアーに、カジュアルなパンツ姿。いつも覇気《はき》があって、とにかく元気な印象だ。

「解放されたって言っても、ほんの束《つか》の間の安らぎよ？　すぐに再来週分の仕事が押し寄せてくるじゃない。それに、仕事から解放されたって……」

「一人で家飲み、ですか？」

そのワードは決して愉快なものではないのに、美織の笑顔は引き続き絶好調だ。

「そうそう。よくわかってる」

「真奈美先輩、お酒弱いのに、飲むの好きですよね……。そんなことより、私、次の週末から彼氏と一緒に暮らすことになったんですよ」

「えっ?」

それを聞いた途端、私はガバッと身を起こした。

「何それ!　聞いてないよ?」

「はい。だって今、初めて言いましたもん」

頬を乙女のように赤く染めて、この上なく幸せそうな顔で話す美織。

「いやいや、彼氏がいる話自体、初耳なんだけど?」

美織とは残業後によく食事をして、仕事の愚痴《ぐち》やプライベートの味気なさについて語り合ってきた仲だ。

それがいつの間に?

「語学学校に通い始めたことは話しましたよね?」

「あ、うん。確か、フランス語だっけ?」

仕事に忙殺《ぼうさつ》される毎日で、よくそんな時間が作れるなあと感心していたのだけど。

「実はそこの先生と付き合い始めて……」

「うっそー!」

そんな少女漫画みたいな話、現実にあるんだろうか。私はますます目を丸くさせるばかり。

「え、先生ということは、もしかして……」

「はい。彼氏、フランス人なんです」

「…………」

「……先輩？」

驚きすぎて、一瞬声が出なかった。

「なにそれ、スゴイ！」

遅ればせながら叫んだ声は、自分でもやけに白々しく感じる。

「もう一緒に暮らす準備万端なんですよ。料理の練習もしてるんです」

「りょ、料理？　もしかして、これから毎日作るの……？」

「はい。彼のために作ってあげるんです」

料理――

そのワードに、私の古傷がわずかに疼《うず》いた。

今までの彼氏に散々私の手料理を「まずい」とけなされてきたことを思い出してしまったのだ。

顔を引きつらせる私に、幸せの絶頂にいる彼女は少しも気づかない。

取りつくろうように、私は会話を続けた。

「そ、そんな時間がどこに？」

「あ、もちろん仕事の手は抜きませんから、今まで通りに頑張る所存です！　プライベートの時間をうまく使って料理しようと思ってます」

「さ、さいですか……」

仕事に追われている私たちに、そんな余裕はないはずなのに。食事を毎日作ってあげるなんて。

自慢ではないけど、私が台所に立ったのはもう半年以上も前……

そう、あれは確かお正月だ。あずきの缶詰とお餅でぜんざいを作った。作ったというか、温めただけといった方が正しいかもしれないけど。

「彼氏かー、フランス人かー、料理、か……」

美織が自分の机に戻ってから、思わず一人で呟いた。そのどれもが、自分には縁遠い言葉のような気がする。

思い起こせば、大学を出て就職して以来、彼氏どころか男友達とも疎遠になっていた。寝ても覚めても仕事のことしか頭になかったんだもの。

「こんなに仕事がきついとは思わなかったもんねー」

社会人をなめていたとしか言いようがない。

誰も定時には帰らず、残業は当たり前。土日も出勤している人が多数。納期前に至っては、みんな目の下にクマをつくり、睡魔と戦いながらの深夜残業。

入社当時は戸惑ったものの、それもほんの一、二ヶ月のこと。三ヶ月目に突入した辺りからすっかり慣れ、私も締切と戦う立派なクマ持ち社員になってしまったのだった。

それから、脇目も振らず仕事に邁進《まいしん》してきた。どんどんやりがいを覚えて、仕事漬けの毎日を楽しいと感じられるようになった。

だから、今は恋愛する余裕がない。ずっと自分にそう言い聞かせて、無理やり諦めてきた気がする。素敵な男性と出逢って週末を一緒に過ごし、同棲とまではいかなくてもデートしたり旅行したり――。そんな甘い夢からは目を背《そむ》けた。

自分をごまかして、仕事しか見ないできたんだ。

「ああ、普段はこんなこと考えないのになあ」

「こんなことって？」

「えっ？　わっ！」

ずいぶんとぼんやりしていたらしい。気づくと、岩本課長が私の顔を覗き込んでいた。

岩本課長は四十代後半の活字中毒者だ。小説からエッセイ、週刊誌に漫画まで彼の読書量は半端ない。外見は爽やかな気の良いおじちゃんだけどね。

「倉本、どうだ？　今日、飲みに行かないか？」

「えっ、珍しいですね。課長が誘ってくれるなんて。さては接待ですか？」

「そんな大げさなものじゃないんだが、アイラデザインに誘われてな。せっかくだから女の子を連れてこいってうるさくて。ほら、お前の気に入ってる細見《ほそみ》さんも来るらしいぞ」

私は普段、美織以外の人とは、ほとんど飲みに行かない。たまに行くのは、こういう取引先絡みの飲み会だけだ。

アイラデザインは、うちとタッグを組んで求人フリーペーパーの記事をデザインしている会社。最も顔を合わせる機会の多い取引先だ。

ちなみに、細見さんは新しくうちの担当になったデザイナー。三十代前半くらいのイケメンである。

「気に入ってるなんて、ただかっこいいって言っただけですよ。でも、行こうかな」

「おう、そうこないとな」

疲れた身体に鞭《むち》を打つことになるけど、一人で家飲みするのはやっぱり寂しい。

私は定時を一時間ほど過ぎた後、課長のお供で飲みに行った。


飲み会の会場は、オフィスの最寄り駅から電車で二十分ほどで着くターミナル駅のすぐそばだった。チェーン店ながらも少しだけ高級な居酒屋だ。個室に通された参加者は全部で九名。

思った通り美織は欠席した。今日は以前からフランス人の彼氏とデートの約束があったらしい。こういう飲みの席にはいつも二人そろって参加していたのに、とつい置いてけぼりを食らったような気分になってしまう。

「それじゃあ、お疲れ様です。乾杯！」

アイラデザインの若手社員が声高々に音頭《おんど》を取る。みんながジョッキを掲げて、それをコツンとぶつけ合った。

岩本課長の差し金だと思うけど、私の席は細見さんの隣だ。

「今日、納品日だったんですってね。お疲れ様です」

優しく声をかけてくれる細見さんは、黒い無地のTシャツにベージュのワークパンツをすらりと着こなしている。

うちの会社では、女性にはわりとラフな格好が許されているものの、男性陣は一応スーツで出勤している。一方のアイラデザインは男女ともに私服。さすがにみんなセンスが良いというべきか、思い思いの服装で自分を表現していた。

私はパンツ姿が多く、今日も白のスキニーにモカのドレープシャツだ。

ちらりとアイラデザインのお嬢さん方を見てみれば、デニムのショートパンツにラフなプルオーバーを合わせていたり、チェック柄のロングワンピースを着ていたり。華やかなのに品もあるところはぜひ見習いたい。

そんなことを考えていると、細見さんに再び話しかけられた。

「俺、前の担当者から聞いてたんですよ。倉本さんは相当デキる人だって」

「えっ！　一体、何を聞かされてたんですか？」

　私の顔から血の気が引く。

「ははっ、どうしてそんなに不安そうなんですか」

「だって……」

　仕事はもちろんきっちりこなしているつもりだけど、それが周囲の人間にどう見られているかはまた別の話。仕事に熱心すぎるあまり、女を捨てている・ガサツ・オヤジ化などなど、女としての魅力がないと噂されているんじゃないかと気になっていたのだ。

「倉本さんは美人で仕事の段取りもいいし、作る記事のクオリティも高いって聞いてたんですよ。今回、一緒に仕事させてもらってよくわかりました。本当ですね。仕事は的確だし、お綺麗だし」

「いえ、そんな」

　あからさまなお世辞だとは思ったけど、つい顔が火照《ほて》るのを感じた。

　今まで一緒に仕事していたのは総じて年上の素敵なおじさまたち。彼らに美人だとチヤホヤされることはたまにあったけど、それに対しては笑顔でお礼を言う余裕があった。なのに同年代の男性からの褒め言葉となると、どうしてこんなにも動悸《どうき》が激しくなってしまうんだろう……あっ、細見さんがイケメンだからか。

「ビール、つぎますね」

自然な動作で細見さんが私のグラスにビールをついでくれる。見れば、細見さんのグラスも空いていた。

「あっ、すみません！　私ってば、気づかずに」

「いいんですよ。倉本さんはゆっくりしてください。お疲れでしょうから」

さらには気遣いまでできるときた。

自分と比べて、別の意味でも恥ずかしくなってしまう。顔を伏せると、ビールをついでくれる骨ばった大きな手に目が釘付けになった。

今まで同年代の男性と接点がなかったけど、これから私にも何か素敵な出来事が起こるかも――そんな甘い予感を覚えた、その時。

「そういえば、細見さん！　聞きましたよー」

すでにずいぶんとお酒が回っているらしい岩本課長が、いつもより陽気な雰囲気で細見さんに声をかけた。

「おめでとうございます！　もうすぐ結婚するんだってね」

「……っ、ゲホッゲホ！」

思いがけないその言葉に、ビールを飲んでいた私は盛大にむせてしまった。

何それ、どういうこと？

「大丈夫？　倉本さん」

「す、すみません。平気です」

細見さん本人に心配されてしまい、顔から火が出そうになる。幸い、細見さんはすぐ課長の方を見た。

「ありがとうございます。ちょっと照れくさいんですけど」

私の隣で細見さんが微《かす》かに顔を赤くして言う。

……なんだ、フィアンセがいるんだ。

「そうなんですよー。ついに細見も！」

「奥さん、すげー美人なんだよな。よっ、美男美女！」

岩本課長の声が大きかったから、他のみんなもそれぞれ声をかけたり茶々を入れたりし始める。私は一瞬で夢を砕かれて呆然としてしまい、ろくな反応ができなかった。

「ずばり、結婚の決め手は!?」

そんな中、同僚の男性の声に細見さんがすぐに答える。

「やっぱり、料理かな」

「……っ！」

ここでも料理だ。私はふらりとよろめきそうになった。

「あー、そうだよな。家に帰って、美味《うま》いメシがあるのが一番だよな！」

「胃袋を制する者は男を制す！」

「そ、そうなんですか？」

堂々とのたまった岩本課長の顔をじっと見つめながら、私は思わず尋ねる。

「そりゃそうだろう。倉本も料理はできた方が良いぞ」

「倉本さんみたいに美人だったら別にできなくても問題ないですよ」

いやいや、そう言うあなたは料理のできる女性を選んだんでしょ、しかも美人なんでしょー！

細見さんを見つつ、私はやさぐれて曖昧《あいまい》に微笑んだ。

「はは……、私も料理頑張ります」

＊＊＊

その日、帰宅した私は無気力のまま、ベッドに身体を放り投げた。

深夜でもまだ空気は生ぬるくて重ったるい。エアコンのリモコンに手を伸ばし、流れてくる汗をどうにか食い止めようと試《こころ》みる。

『もう一緒に暮らす準備万端なんですよ。料理の練習もしてるんです』

『やっぱり、料理かな』

『胃袋を制する者は男を制す！』

疲労困憊《ひろうこんぱい》している中、みんなの声が次々に再生されていく。

私だって、かつては真面目に料理に向き合っていた。

あれは大学に入ってすぐの頃。当時、初めてできた彼氏に食べて欲しくて、せっせとお弁当を作っては差し入れた。テニスサークルの先輩だった彼は、練習の合間に卵焼きを口に入れて「これはちょっと……、料理頑張って」と苦い表情を浮かべたり、おにぎりを手に取って「お、おお、これ普通のおにぎりだよな？」と顔を引きつらせたりした。

その彼とは別れた後。大学三年の時にできた二人目の彼氏にも、今度こそと気合を入れて手料理を振る舞った。同じ学部の同い年だった彼には「塩辛いカレーは初めて食べたよ」と困った顔を向けられたり、「いや、このハンバーグはちょっとレアすぎないかな。うん、わかった。次からは俺が作るから、真奈美はもう無理しなくていいよ。今までありがとな」と労をねぎらわれたりした。

それでもめげずに一人で猛練習したものの、私の料理の腕は一向に上達しなかった。元彼たちが料理上手な女の子と付き合い始めるのを見て、私のやる気はみるみるうちに失われていったのだ。

そして、社会人になり仕事で忙しくなったことを口実に、私は料理から遠ざかってしまった。自分はとんでもなく料理音痴《おんち》なんだ、私には料理も恋愛も無理なんだと諦めて。

しかし、今日改めて思い知らされた事実。恋愛には料理という武器がある方が有利なことは間違いなさそうだ。

　仕事は好きだし、この先もずっと続けていきたい。だけど時々、ふっと寂しくなってしまうことがある。もうこれ以上、仕事を口実にはしたくない。

「私だって恋がしたい……」

　枕に頬をくっつけて、ぼーっと白い壁を見つめた。

　このままふて寝するか、それとも、やけ酒か。

「決めた！」

　私はそのまま目を閉じるのではなく、冷蔵庫に直行した。とはいっても、缶ビールが目当てじゃない。

「何にもないかあ。冷蔵庫、空っぽ」

　そう、せっかくだからもう一度料理を頑張ってみようと思ったのだ。きっと、今こそ重い腰を上げる絶好のチャンスのはず。

「これは、まず買い物へ行くところからかな？」

　徒歩三分のコンビニに買い物に行ってきた私の手には、白いビニール袋。中には卵の六個入りパックと白米二キロ、それにファッション誌とコンビニデザートが入っている。

「よし、やるか」

ここ何年も使ってなかった炊飯器を洗い、お米を洗って水に浸してみた。

次に、台所の引き出しの奥から卵焼き器を引っ張り出した。しかし、見るなりげんなりしてしまう。

「あー、あったあった」

「ほ、ほこりが溜まってる……」

仕方なく卵焼き器を念入りに洗いながら、塩や砂糖はあったはずと頭の中で所在を確かめる。

けれど、何気なく時計を見て、ピタッと手が止まった。気づけば、もう午前一時を回っている。

元々飲み会の開始時刻が遅かった上、二次会にも参加したので、帰宅したのはとっくに午前零《れい》時を過ぎていた。

「もう今日は疲れたし、いっか」

よく考えれば、明日は土曜日だ。納期の翌日でさすがに休むつもりでいたし、料理に励むのは明日にしよう。

そう思った瞬間、さっきまでやる気になっていたのに、一気にすべてが面倒に思えてきた。

炊飯器の予約ボタンだけ押すと、私はそのままベッドにダイブし、五分後には早々に眠りについた。そう、シャワーを浴びることもメイクを落とすこともせずに。

翌朝、というより、もう正午近く。

——ピンポーン。

控えめにチャイムが鳴ったと思ったら……ピンポンピンポンポンピンポーン！　と連打された。

「もう、うるさい……」

ようやく観念し、のそのそと起き上がる。椅子の背もたれにかけてあったサマーカーディガンを羽織《はお》ると、玄関に顔を出す。

「……はい」

「あ、寝てた？」

「……やっぱり、あんた？」

ニヒヒと品のない笑みを浮かべるのは弟の晴人《はると》だった。

私より四歳下の二十四歳で、美容師見習いをしている。職業柄か、会う度に髪の色や髪型をころころ変えているので落ち着かない。今日はアッシュグレーで無造作にまとめてあった。

「どうしたの？」

こんな風に、晴人が突然訪ねてくるのはいつものことだ。だから、だいたい答えの予想はついていたんだけど、一応聞いてみる。

「いや、友達と約束してたのに、ドタキャンされてさ。待ち合わせ場所がこの近くだったから来てみた」

「来るのはいいけど、前もって連絡くれればいいのに」

「だって、行く方が早かったから。上がっていい？」

「私が彼氏と一緒だったら、とか考えないの？」

「いや、だって今、一人でしょ？」

「ま、まあ……」

聞くんじゃなかった。

「じゃあ、問題ないじゃん」

サラリと笑いながら言われ、腹が立つやら悲しいやら。

「いや、今日は良くても、この先も平気だとは言えないし――」

「大丈夫だよ、姉ちゃん。今の生活を続けてるかぎり、男なんてできないよ」

はっきりと断言されてしまった。悲しいが、これに関しては晴人に軍配《ぐんばい》が上がってしまう。もう腹を立てる気力さえなく、ただ打ちひしがれた。

「な、なんてひどいことを……」

「だって、昼まで寝てるし、寝癖つけてパジャマのまま出てくるし……うわっ、おまけに部屋の中もぐちゃぐちゃ」

晴人がグッと身を乗り出して、私の1K、家賃六万四千円の部屋を見渡す。

五階建ての三階南向き、オフィスまで徒歩五分という近さがお気に入りだ。就職して以来、ずっとここに住んでいる。

「この調子だと、会社の机回りだってひどいんじゃない？」

「うっ……」

思い当たる節《ふし》がいっぱいあって、自分の胸を押さえてしまった。

昨日プリントアウトした書類は机の上に置きっぱなしだし、いい加減、棚の整理をしないとと思って二ヶ月は経っている。引き出しにいたっては一番上以外、何が入っているのか皆目《かいもく》見当もつかない。

「姉ちゃん、ヤバイんじゃないの？」

「ひぃっ！」

まるで怪談話でもするように声を潜《ひそ》める晴人に、私はつい身震いしてしまう。

「そもそも姉ちゃん、社会人になってから彼氏いたことあったっけ？」

「……ありません」

「それって、女子力ゼロ？」

「お、弟よ。もう、私には返す言葉が何も……あっ！」

「な、何？」

突然声を上げた私に、晴人はびくっと肩を揺らして驚いた。

「そうよ。私も反省して、料理頑張ろうと思ってたのよ！」

「へえ、料理？」

「そうそう。卵焼きを焼くつもりだったんだから、まあ上がってよ。ほら、そこに座って。着替えるからちょっとあっち向いてて」

「へえ、作ってくれんの？　姉ちゃんの手料理が食べられる日が来るとはねえ」

「楽しみにしててよね」

晴人を部屋に招き入れ、さっと着替えてから意気揚々《いきようよう》と炊飯器の蓋《ふた》を開けた。

「もうね、ご飯は昨日のうちに予約して……って、あれ？」

今朝、炊き上がるように予約しておいたはずなのに。

「ん？　どうかした？」

「な、何で、こんなことに……？」

保温状態の炊飯器を覗き込んで声を震わせる私に、晴人が寄ってくる。

「どれどれ……ああ、水加減間違えたでしょ？」

べっちょべちょのご飯を見て、晴人が呆れたような目を向けてきた。

「うそ、私……ご飯も炊くことができないの？　炊飯器を使ってるのに」

嘆く私の肩を晴人が面倒そうにたたく。

「あー、はいはい。そんなのはすぐできるようになるよ。それより、卵焼き。焼いてくれるんでしょ？」

「あっ、そうだった！　ちょっと待ってて」

笑顔と勢いを取り戻す私に、床に散らばっている雑誌を拾いつつ晴人が言う。

「うん、部屋片付けながら待ってるね」

「面目《めんぼく》ない……」

私はしょんぼりと肩を落とした。そして二十分が経ち――

「姉ちゃん、卵焼きまだー？　こんなに時間かかるっけ」

晴人が不安そうな顔をして台所まで様子を見に来た。

「ちょっと待って！　上手く巻けなくて……あっ、破れた！」

「そんなに長いこと焼いてると……って、姉ちゃん！　火強すぎない？」

「えっ、そう？　うわっ、黒い！」

卵をひっくり返して思わず声を上げる。表面が真っ黒になってしまっていた。

「あー、もうダメ！　やっぱり私、料理できない……」

意気消沈した私は卵焼き器も菜箸《さいばし》も投げ出して、台所にうずくまるしかなかった。

「いや、慣れてないだけだと思う。やらなかったら、そりゃできないだろうし」

事実をズバズバ指摘していた晴人は私を哀《あわ》れに思ったのか、フォローに回っている。

優しく背中をさすってくれる弟を、すがるように見上げた。

「そうかな？　でも、今までろくに料理できたことがないんだよ？」

「だから、経験が足りてないんだよ、きっと。人より頑張らないといけないかもしれないけど、いつまでもできないなんて決まってるわけじゃないじゃん」

「練習すれば私にもできるようになるかなあ」

「多少はなるんじゃない？」

今まで仕事一色、それはそれでやりがいのある充実した日々を送ってきた。しかし、それだけでは物足りない。私だって恋愛したい、彼氏が欲しい。ゆくゆくは結婚もしたい。

夢見ているだけでは何も変わらないんだ。それどころか、状況は刻々と悪化していく。私はもう立派にアラサーと呼ばれる年齢なのだし、女子力を上げなくてはいけない。

「よし、決めた。料理、本格的に頑張ってみる！」

今まで残業続きだった毎日。食事はコンビニ弁当で済ませることがほとんどだったけど。

「週一回は早く帰って自炊する」

「おー、パチパチ。頑張れー」

晴人の間延びした声に背中を押され、私はそう決意したのだった。

＊　＊　＊

翌週の月曜。

急ぎの仕事もなかったので、マッハで仕事にキリをつけ、私は席を立った。

「お疲れ様でーす。お先に失礼します！」

「え、倉本？　もう帰るのか？」

目を丸くする岩本課長に軽く会釈《えしゃく》して、颯爽《さっそう》と廊下へ。定時というわけにはいかなかったけど、まだ午後七時半だ。

普段、オフィスを出るのは早くても十時過ぎ。岩本課長に驚かれるのも無理はなかった。

ビルを出ると、夜とはいえやっぱりまだ額に汗がにじむ。じっとりとした空気に負けじと、そのまま力強い足取りでスーパーへと歩いて行く。

お米と卵は買ってある。今日はサラダとお味噌汁も作ってみるつもりだ。

やっぱり食費を考えると、コンビニよりもスーパーマーケットの方がいい。

スーパーはオフィスから徒歩五分、自宅からでも徒歩十分ほどの場所にある。駅前で便利なのに、今まで見向きもしなかった自分に少し呆れてしまう。

まずは、こういうところから変えていこう。

スーパーの前まで来た時、ふと良い匂いに吸い寄せられそうになった。煮物か何かを想像させる、とても食欲をそそる匂い。

そういえばお腹が空いた。

ゆっくりと匂いをたどってみると、どうやらスーパーの上から漂ってきているらしい。このスーパーは四階建てのテナントビルの一階部分に入っていて、上層階にもクリニックやエステサロンなど、何らかのテナントが入っている。

見上げると、三階部分の窓ガラスに、『平岡料理教室』の文字が躍《おど》っていた。

「料理教室！」

そっか、その手があったか！

思わず一人呟いてしまった。

視線を下げると、スーパーの入口付近に、料理教室の看板と共にパンフレットが置いてある。私はそれを手にすると、ひとまず予定通りスーパーで買い物をしたのだった。

平岡料理教室。応用コースと基礎コースがあり、私が気になっている基礎コースは初心者から面倒をみてくれるとのこと。一クラス四人と少人数制で、週一回、一人で決められたメニューを作る。毎週、卵料理や牛肉料理などのテーマが設けられているらしい。

全国的に有名な料理教室より良心的な月謝で、何より、自宅から近いのが一番のポイントだ。

「よし、決めた！」

思い立ったら即行動と、少し緊張しながらもスマートフォンを手に取る。今は午後九時半過ぎ、ちょうど基礎コースのレッスンが終わった頃のはず。番号を押すと二コール後、受話器越しに柔和な女性の声が聞こえてきた。

「はい、平岡料理教室です」

「あの、夜分遅くに失礼いたします。基礎コースへの申し込みをお願いしたくてお電話したのですが」

「ありがとうございます。基礎コースはカリキュラムの都合上、次は十一月のスタートとなりますが、よろしいでしょうか？」

「十一月……あ、はい」

「では、お名前とご連絡先をお願いします」

十一月とは出鼻をくじかれた気もするけど、優しそうな女性の先生で良かった。これを機に、しっかりと基礎から習おう。

「今度こそ、料理ができるようになる！」

電話を切ると、前向きな気持ちでそう誓った。

＊　＊　＊

十一月——

結局、この一ヶ月半の間も相変わらず仕事に明け暮れていた。せめてもの進歩と言えば、部屋やオフィスの机回りの整理整頓を心がけるようになったことくらい。

しかし、それも今日までだ。

「お先に失礼します！」

かつてないほどの気合で仕事を片付けて、私は午後六時半に席を立った。岩本課長はちょうど席を外していたけど、美織が私の名前を呼ぶ。

「真奈美先輩！　早いですね、もしかしてデートですか？」

「そうだったらいいんだけどねー。残念ながら違うんだ。美織は彼とどう？」

「ふふ、順調です」

美織は幸せそうにニコニコと笑う。フランス人の彼氏とは上手くやっているみたいだ。

私は「お疲れ様。また明日ね」と言ってオフィスを後にした。

「今日から私も頑張らないとなあ。よし！」

一人きりのエレベーターで宣言すると、いつもより弾んだ足取りで外に出る。すでに日が沈み、木枯らしが疲れた身体に沁《し》みるけど、今日は気にならない。

わずかに緊張しつつも高揚した不思議な気分で、私は目的地へ向かった。


スーパーの隣、奥まったところにひっそりと佇《たたず》むエレベーターで三階まで上がる。スーパー以外の共用部分は小汚いし、エレベーターもガタガタと音を立てて作動するしで、少し不安になってきた。この駅前ビルは、相当年季が入っていそうだ。

三階のフロアに着くと、クリームがかった白い壁に案内板がある。「平岡料理教室」の字の横にある矢印は、左の方向を向いていた。

左へと足先を向け、ほんの数歩歩くとすぐ壁につきあたった。それに沿って右に曲がる。そのまま奥まで進んでいくと、茶色いドアの曇りガラスに「平岡料理教室」の文字があった。

廊下からは中の様子がうかがえず、そわそわしてしまう。

初めての場所に行く時って、どうしてこうも勇気がいるのだろう。

一度深呼吸をしてから、おそるおそるドアをノックする。その音は微《かす》かに響いただけだった。そっとドアノブに手をかけ、重い扉をゆっくりと開く。

学校の調理実習室を彷彿《ほうふつ》とさせるその空間には、誰の姿も見当たらなかった。古さを一切感じさせない真っ白で清潔な空間には、向かい合わせになった調理台が三組、奥から縦に並んでいる。

気合を入れて早く来すぎてしまったのかもしれない。不安がさらに大きく膨らんでいくのを感じていると、右手方向から何やら音が聞こえてきた。

これは……そう、包丁でまな板をトントンとたたく音だ。

事務所でもあるのか、部屋の右側はクリーム色のパーテーションで目隠しされている。その仕切り板がせり出していて、音のする方は見えない。きっと、先生がレッスンの支度でもしているのだろう。その音は少しもよどみなく、一定のリズムを心地良く刻んでいる。

私はドアを開けたまま、あいさつしようと仕切りの奥を覗いた。

「あの……っ」

声をかけようとして、はっと口をつぐむ。私が想像していたのはたおやかな女性の姿だったのに、実際に目に飛び込んできたのは青いエプロンを着けた長身の男性だったから。

並ぶ三組の調理台を見渡せるように、右端に指導用の調理台が一つ置かれている。男性はそこで慌ただしく、しかし、しなやかに手先を動かしていた。大きな手で握られた包丁がキャベツを千切りに刻む。そのリズムは途切れることなく、淡い緑の山が作り上げられていく。

今まで男性が料理しているところなんてほとんど目にしたことがなかったし、こんなに上手な千切りも見たことがない。

感動を覚えて目を離せずにいると、ふいに男性が手を止めて顔を上げた。

「あ、いらっしゃい。今日からの生徒さんですね」

男性は少し目を見開いた後、柔和な表情を浮かべた。その微笑があまりに優しくて、私は息を呑んで控えめな声で頷いた。

「あっ、はい。こんばんは」

色素が薄い髪色は茶に近い。背は百八十を優に超えていそうだし、体型もどちらかといえばガッシリしている。それなのに、彼の持つ雰囲気は穏やかで柔らかく、そのバランスが妙にしっくりときていた。

思わず見とれてぼんやりしていた私に、思いがけない言葉が降ってきた。

「初めまして。講師の平岡です」

「えっ、男の先生？」

「あー、もしかして女性の方が良かったですか？」

平岡と名乗った男性は苦笑いを浮かべ、包丁をまな板の上に置く。そんな些細《ささい》な仕草もなめらかで上品だ。対照的に、私は焦りつつ口を開く。

「いえ、勝手に女性だと思い込んでいて。お電話は女性だったので」

「ああ、なるほど。電話をお受けしたのはアシスタントです。今、お使いを頼んでいますが、もうじきここに戻ってきますよ」

「あ、そうだったんですね」

ようやく微笑み返せる心の余裕ができた私は、それでもやっぱり平岡先生から目を逸《そ》らすことができなかった。

彼は「新入生」の私を歓迎するようになおも笑いかけてくれ、数秒間見つめ合う。

直後、「こんばんは」「今日からお世話になります」と次々に声が聞こえて、私たちは互いから視線を外した。


「それでは、みなさんそろいましたので始めましょうか」

私は一番奥、窓際の調理台を使うことになった。私の向かいの台を使うのは唯一の男性、あとは年上の主婦らしい女性と女子大生っぽい女の子とが対面して並ぶ。今回の基礎コースの生徒はこの四人のようだ。

「この中には初心者の方も、もう一度基礎を見直したいという方もいらっしゃるかと思います。今日からの基礎コースは、回を重ねるにつれて基本的な料理のコツが押さえられるようになっています。まずは苦手意識や不安をなくして、毎回楽しく料理していきましょう」

どうやら、平岡先生はいつも微笑みを絶やさない人らしい。その微笑がこの上なく柔らかく、品もあって魅力的だ。雰囲気があるというか、平岡先生にしかできない笑顔とでも言えばいいのか。

「今日はまず基本中の基本、包丁の握り方と野菜の切り方です。最初にサラダを作ってみましょう」

まずは平岡先生がお手本を見せながら説明する。

「ダイコンは歯ごたえを大切にしたいので、繊維の向きに沿って少しずつ包丁をずらしながら切っていきましょう。ジャガイモは……あ、すみません。ジャガイモを持ってきてくれますか？」

平岡先生がパーテーションの向こうに声をかけると、ジャガイモを手にした綺麗な女性が姿を現した。

「あ、みなさんに紹介しておきます。彼女はアシスタントの松林《まつばやし》さんです」

「松林美鈴《みすず》です。よろしくお願いします」

控えめに松林さんがお辞儀する。身長は高くないものの、すらっとしていてモデルのようだ。焦げ茶色のロングヘアを緩《ゆる》く巻いた髪型が女性らしい。歳は私と同じか少し上くらいだろうか。

先生は彼女からジャガイモを受け取ると、再び実演を始めた。

「それでは、やってみましょうか」

一通り説明を終えると、平岡先生は合図するように軽く手をたたいた。

手を洗って説明された通りに用意を済ませ、まずはダイコンを手に取る。すでにサラダ一人分の量に切り分けられ、五センチ程度の長さになっていた。

皮をむくのにピーラーを使わないなんて初めてだ。

震える手で、おそるおそる包丁の刃をダイコンに差し込む。じっとりと手に汗がにじんだ。ゆっくりと力を入れ、皮をむき始めた次の瞬間、あらぬ方向に皮の断片が飛んでいく。

「きゃっ！」

「わっ」

私と向かいの男性が声を上げたのは、ほぼ同時だった。私の飛ばした皮が男性の顔に直撃したのだ。

「ご、ごめんなさい。すみません！」

私は男性にひたすら謝る。

「いや、いいけど……ははっ、びっくりした。どうやったらこんなに飛ぶの？」

彼は頬にくっついた皮を指先で取り、明るく笑った。

「料理、全然だめで……」

私は彼と目が合わせられない。

彼は仕事帰りなのだろう、カッターシャツとベストの上から黒一色のエプロンを身に着けている。細身の体形で一見、真面目な好青年……なんだけど、明るい色の茶髪は長めだし、口調も軽い。彼は好奇心旺盛《おうせい》といった声で話しかけてきた。

「いいよ、そんな顔しないで。オレ、今井彰人《いまいあきと》。お名前は？」

「あ、倉本真奈美です」

「真奈美ちゃんね、よろしく。これから仲良くしようね！」

「は、はぁ」

戸惑った私は、間抜けな声を出す。

久しぶりに異性に「真奈美ちゃん」なんて呼ばれた。

「今井さん、レッスン中にナンパするのはやめてくださいね？」

いつの間にそばまで来ていたのか、平岡先生は笑いながら今井さんに注意する。

「あー、バレましたか。大目に見てくださいよ、平岡先生」

「いえ、ナンパは厳禁ですよ。それより、倉本さん」

二人の会話をぼんやり聞いていると、平岡先生の目が私に向けられた。私は少したじろぐ。何しろ皮をむくことすらまともにできないんだから、どんな顔をすれば良いのかわからない。

「ダイコンの皮むき、もう一度やって見せてくれますか?」

「は、はい」

今井さんは大人しく自分の作業に戻っていったようだ。

私はおずおずと頷いて、再びダイコンに包丁の刃先を向ける。

「あ、ちょっと待った」

いざ包丁の刃をダイコンに潜《もぐ》り込ませようとしたら、平岡先生にすぐ止められた。

「親指の位置に気をつけてください。親指は常に、皮をはさんで包丁の刃の少し前です」

「そ、そんなところに置いたら、指を切ってしまいませんか?」

確かに先生はそう説明していた。だけど、指が怖がってどうしても逃げてしまう。

「大丈夫ですよ。親指でしっかりと方向を導いてあげるんです。むしろ、さっきみたいに全然違う位置に置いていると……」

そこで先生は一呼吸した。

「指切りますよ」

「ひぃっ!」

爽やかな笑みと共に鋭く告げられた一言に、一瞬、背筋が凍るかと思った。

「だから、気をつけてくださいね」

品のある微笑から一変して、今度は茶目っ気のある笑顔を向けられてしまった。

この人は怒る時も笑顔なのかもしれない。涼しい笑みを浮かべ、静かな憤《いきどお》りを相手に伝える人だ。怒りをそのままあらわにするよりも、笑顔の方が何倍も迫力があって恐ろしいだろう。特に平岡先生のこの笑顔ならば。

余計なことを考え始める頭を目の前に集中させ、もう一度挑戦する。

「よし、指をここに置いて……」

「もう少し手を包丁に近づけてください」

その声が思いの外《ほか》近くで響いたので、私は驚いて後ろを振り返った。先生のエプロンがすぐそばにあって心臓が跳ねる。私の手の上に、平岡先生の手がのせられた。大きな手のひらは少し熱く、私の手を正しい位置にそっと導いてくれる。

「は、はい。こうですか？」

こうして手を取って指導してもらうだけで、情けないことに声が裏返ってしまいそうになる。やっぱり私は男性に対して免疫《めんえき》がないのだと自覚した。

「そうです、その感じでむいてみてください」

平岡先生に見つめられると緊張する。震えそうになる手を叱咤《しった》しながら、私は教えられた通りダイコンをむいていった。すると、さっきとは違い、ちゃんと皮がくっついたまま細長くむくことができた。

「あ、できた！」

残ってしまった箇所もあったが、大部分の皮はむけていると思う。

「良いですね。ジャガイモはもっと難しいから、頑張ってみてください」

「はい。ありがとうございます」

平岡先生の背を目で追っている途中、向かいの調理台が目に入った。先ほど迷惑をかけてしまった今井さんがジャガイモの皮をむいている。

「え、すごい……」

ジャガイモはぼこぼこしているというのに、今井さんはすすーっと薄く皮をむいていた。その手つきには一切の無駄がなく軽やかだ。

「まるで職人芸……、あっ」

思わず見とれてしまっていると、目が合った。

「ははっ、ありがとう。慣れればできるようになるよ。何なら、オレが教えてあげようか？」

独り言をばっちり聞かれてしまい、顔が熱くなる。

「い、いえ！　自分で頑張ってみます」

「そう？　じゃあ、困ったらいつでも呼んで」

さらっとした口ぶりは、彼が女性慣れしていることを感じさせた。しかもその声には、料理に対する自信もしっかりと含まれている。

確かにエプロンをして調理台に向かう彼の姿は少しも浮いておらず、かなり様《さま》になっている。そんな人がどうしてこの基礎コースにいるんだろう。

「倉本さん、手が止まってますよ」

「あっ、はい」

ボーッと考えていたら、いつの間にか平岡先生がそばに立っていた。慌てて私もジャガイモの皮むきに取りかかる。

だけど今井さんのようにはできなくて、厚く皮をむいたジャガイモはすっかり小さくなってしまった。

基礎コースの毎回の流れとしては、説明、実習、試食、後片付けだ。四人の中で最も慣れていない私は案の定、後片付けの食器洗いも一番遅かった。

一番に片付け終えた今井さんはすぐに帰ったものの、女性陣は私を待っていてくれた。

三人で一緒にエレベーターに乗り、ビルを出る。

「すみません！　お待たせしてしまって」

「大丈夫よ、ゆっくり帰りましょう」

優しくそう言ってくれたのは、四十代で主婦の橋本美月《はしもとみづき》さん。大らかで優しい雰囲気が漂っていて、話しやすそう。

「毎回、こんな感じなのかな？　楽しみですね！」

声を弾ませるのは最年少、二十歳の長谷川優希《はせがわゆき》ちゃん。小柄でいかにも女の子らしい雰囲気だけど、意志の強そうな瞳が印象的な大学二年生だ。

「でも、先生が男の人だとは思いませんでした」

「えっ、知らなかったんですか？」

私の呟きに、優希ちゃんが目を丸くして驚いた。

「うん。電話したらアシスタントさんが応対してくれたから、てっきり女性の方だと思って」

「倉本さん、パンフレットに書いてあったわよ。先生の名前、平岡俊介《しゅんすけ》って」

「えっ、うそ！　私、カリキュラムばかり見てました」

橋本さんの指摘に、今度は私が驚く番だった。

どうやら、料理教室に通うことばかり考えていて、目に入っていなかったらしい。

「ふふっ……でも真奈美さん、いいなあ」

「え、何が？」

優希ちゃんの言葉に、私は首をかしげる。

何か羨《うらや》ましがられることなんてあるかな。

「今井さんと向かいの調理台で！　しかも今日、ちょっと話してませんでした？」

「あ、はい。少しだけ」

「わぁ、羨ましいです！　今井さん、かっこ良くないですか？」

優希ちゃんが顔を赤らめながら言う。

その無邪気な可愛さが、私には眩《まぶ》しく映った。

「あー、そういう意味ですね。でも、今井さんってチャラそうじゃないですか？」

「チャラいっていうか、まあ女慣れはしてそうですよね。それだけモテるってことですよ」

「うーん、軽いのはちょっとね。それより、私は平岡先生派。大人の男性って感じだし」

そこへ橋本さんが割って入ってきた。

「大人の男性、か。平岡先生って、何歳くらいなんでしょうね？」

「私、聞いたわよ。三十五歳だって。ちなみに、今井さんは三十歳」

私の疑問にすぐ答える橋本さんを、優希ちゃんは尊敬の目で見た。

「橋本さん、情報早い！　平岡先生も素敵ですよね。真奈美さんはどっち派ですか？」

「私は……どっちもピンとこない感じです。二人とも確かに素敵だとは思いますけど」

特に答えを用意していなかった私は、曖昧《あいまい》に答える。しかし、言いながら一瞬、平岡先生の笑顔が脳裏にちらついた。

「えー、せっかく良い男が二人もいるのに、もったいないですよー」

「良い男、か。うん、そうですよね」

それをキャッチする感度すら衰《おとろ》えてしまっているのかもしれない。本気で女子力上げなきゃなあ、と思った。

＊＊＊

丁寧に優しく指導してもらえるし、生徒もみんな良い人そう。その上、かっこいい男性が二人もいるのだから、これは女子力アップに持ってこい。毎週楽しく料理教室に通えそう！

なんて出だし好調な私の希望を、激務が容赦なく打ち砕いた。

「倉本、次の特集はもうできてるのか？」

「ライターさんからの原稿待ち状態です」

翌週、月曜日の夕方。岩本課長から確認が入って、私は現状を伝えた。

「ちゃんと尻たたいておけよ。レギュラーの方は大丈夫だな？」

「そ、それも……同じライターさんなので……」

「おいおい、大丈夫なのか？」

「もう一度、連絡取ってみます！」

電話をしようとしているところに、後ろから肩をたたかれた。

「真奈美先輩、原稿チェックお願いします！」

「あ、はーい」

美織から原稿を受け取ると、今度は先輩社員からも名前を呼ばれる。

「倉本、電話ー！　アイラデザインから」

「はい……っ、お電話代わりました、倉本です。いつもお世話になっております」

これは今日もなかなか帰れそうにない。今日は料理教室二回目のレッスン日なのに。

平岡先生の姿や橋本さん、優希ちゃんとの会話を思い出す。

午後六時半を過ぎた頃、私は意を決して自分の席を立ち上がった。

「岩本課長、すみません。今日は……」

これで上がらせていただきます。明日、朝早く来ますから――そう言おうとする。

「おう、倉本。悪い。この原稿、今日中にチェック終わらせてくれ」

先に宣告されてしまった。

私は廊下に出て欠席を伝える電話をかける。アシスタントの松林さんが応対してくれた。

これで料理教室、欠席確定。

「……は、はい。わかりました」

その日は結局、午前零時《れい》を過ぎての帰宅となった。

「はぁ、疲れた。眠い……」

玄関のカギを締めたのだけ確認すると、靴を脱いで部屋に入り、ベッドにつっ伏す。

そのままぶたを閉じれば、夢の世界はすぐそこだったけど……

「だめ！　メイク落としてない！」

自分に言い聞かせるように叫び、ベッドから這《は》い出る。

洗面所に向かうのは億劫《おっくう》で仕方ないけど、昨日掃除機をかけたばかりの部屋が自分を少し後押ししてくれる。最近、やっと整理整頓の習慣が身に付いて、部屋とオフィスの机回りを綺麗な状態に保てるようになったのだ。

メイクを落として洗顔した後は、しっかりと化粧水と乳液で保湿した。

シャワーは明日の朝に浴びよう。

寝る準備をしながら料理教室のことを思い返す。

二回目にしてもうレッスンを休んでしまったと、ぼんやりした頭で反省する。焦る気持ちと同時に、がっかりしている自分に気がついた。私は自分が思っている以上にレッスンを楽しみにしていたんだ……。

ふらふらとした足取りでベッドまで戻り、パジャマに着替えてから消灯した。

暗闇の中で目を閉じると、平岡先生の微笑が浮かぶ。今夜会えたら仕事の疲れも少しは癒《いや》されたかもしれない。

そんな風に感じている自分が意外で笑ってしまった。

「よーし、女子力上げよう」

ぶつぶつ言いながらまぶたを閉じ、私はそのまま朝まで熟睡した。

＊　＊　＊

翌週の月曜日、三回目の料理教室。

どうにか仕事を片付けて、開始時刻の午後七時ギリギリに教室へ滑り込んだ。他の生徒はすでにみんな来ている。

「こんばんは！　先週はお休みしてしまい、すみませんでした」

「あ、倉本さん。いらっしゃい。仕事お忙しそうですね」

入るなり謝った私に、平岡先生は柔らかい声で話しかけてくれる。二週間ぶりに会う先生は爽やかな笑みを浮かべていて、私の心はなんだか温かくなった。

「今日は卵料理を中心にやっていきましょうね」

「卵料理……、先週休んでしまったのですが大丈夫でしょうか？」

私の脳裏に、二ヶ月前に作った真っ黒焦げの卵焼きが蘇《よみがえ》る。

「大丈夫ですよ。今日は僕がしっかりとフォローします」

「お願いします」

「ええ、任せておいてくださいね」

先生がついていてくれるなら、何とか……いや結局、先生に全部作ってもらって、家ではまったく作れないままだったらどうしよう。それなら習う意味がないし。

しっかり習得するぞ！

そう心に決めて、窓際の調理台についた。

「真奈美ちゃん、先週は向かいが空いてて寂しかったよ」

今井さんと目が合って笑いかけられた。

大学の頃にもいた、とってもフレンドリーで、女性にやたらとちょっかいをかける男性。今井さんはそのタイプだと確信する。

私は差し障りのないよう「こんばんは」と笑い返した。

同年代の男性に、私は不慣れだ。どうもこの手のタイプを前にすると必要以上に身構えてしまうところがある。

これ以上の会話は続けられそうにないと困っていると、平岡先生の説明が始まったので助かった。

「それでは、始めましょうか。みなさん、シンプルな料理ほど難しいものです。今日作る予定の卵料理は……」

先生の穏やかな口調を耳にしながら、テキストの写真を見てため息をつく。

どうすれば、こんなに綺麗な卵焼きができるんだろう。でも、今日こそ私も作ってみせる！　そう意気込んでいたはずが……

「うそー！」

小一時間後、自分の卵焼きの出来を見て思わず叫んでしまった。

「ずいぶんと賑《にぎ》やかですね。倉本さん、どうしました？」

そんな私のもとに、平岡先生はすぐ駆けつける。

「た、卵焼きが……黒くなってしまって。巻き方もおかしいし」

真っ黒焦げの卵焼きは、二ヶ月前より形も崩れ、ちっとも上手に巻けていない。明らかに、以前よりひどくなっている。

「巻くのは慣れもありますが、火加減や焼く時間は大丈夫でしたか？」

「はい、ちゃんと気をつけました！」

弟にも指摘されたことだ。つい力んで答えた。

「じゃあ、油を丁寧に引いたり材料をきちんと混ぜたり……」

「それも気をつけたんですけど」

「うーん、何か原因があるはずなんですけどね。油はちゃんと熱しましたか？」

「え？」

私から菜箸《さいばし》を受け取ると、平岡先生はぼろぼろの卵焼きを箸の先でつっつきながら尋ねてくる。

「最初に油を引いてすぐに溶《と》き卵を入れませんでしたか？　しっかり熱して油を馴染《なじ》ませてからじゃないと、フライパンにくっついたりしますよ。それで焦げることも……」

「そ、そういえばそんな記憶が……すみません、そこを間違えたんですね」

しょげながら、他のみんなが調理しているのを見渡す。それぞれの調理台の上には、すでに綺麗な焼き色の卵焼きが置かれていた。誰も卵焼きを焦がしてない。

「やっぱり、私だけだ……」

「うん、おいしい」

平岡先生は卵焼きの端の方の焦げていない部分を菜箸で小さく割《さ》き、味見した。

「そう、ですか？」

「そんな顔しないで。他の人は気にしない」

「……っ、はい」

笑顔でぴしゃりと言いきられた。

私はどんな情けない顔をしていたんだろう。

「何もかもだめと思う必要なんてないんですよ。まだできていないことがある一方で、倉本さんができていることだって充分にある。それを見失っちゃいけないいんじゃないかな」

久しぶりに人に諭《さと》されて、私はすぐに返事ができなかった。先生の言葉が心にすうっと沁《し》み込んでいく。

「ほら、さっき作った卵サラダは上手くできたでしょう。大丈夫、最初は誰でも失敗します。さあ、そろそろ食べる準備をしましょう。ランチョンマットを持ってきてください」

「はい。あの……卵焼きは家で練習するようにします！」

私の言葉に平岡先生は小さく笑い、一つ頷くと立ち去る。先生の広い背中をぼんやりと目で追いながら、頑張ろうと改めて思った。

＊＊＊

翌日から夕食はもちろん、お昼も簡単なお弁当を作り、自宅で何度も卵焼きの練習をした。来週は先生の都合で休み。練習時間は十分にある。残業時間を減らし、睡眠時間を削って台所に立った。

せっかくやり始めた料理だ。できないのが悔しい、情けない。何より久々に仕事以外に取り組めるものを見つけて、面白くなり始めている。

料理教室で受けたレッスンを繰り返し復習していると、自然と平岡先生の微笑みや穏やかな声を思い出した。上達して先生に褒めてもらいたい、そんな子どもみたいな気持ちで頑張っていることに気づき、苦笑した。

初日は、油を充分に熱しても、やっぱり卵焼きは上手に作れなかった。火加減や時間を微妙に調節してみたり、調味料や混ぜ方を変えてみたりして、二週間近く練習して迎えた土曜日。ようやく巻き方が上手くなり、卵焼きのコツがわかった。わずかながらも料理が上達した手応《てごた》えがある。

これなら、平岡先生に少しは上手くなったと認めてもらえるだろうか。

そして月曜日。早く先生に会いたくて、妙にそわそわしていた。早めにオフィスを出ようと、朝から効率良く仕事をこなす。

そろそろラストスパートをかけようとしていた夕方。

「プライベートを大切にすれば、仕事も充実するってことかな」

「えー！　プライベート、良い感じなの？」

独り言に思わぬ返事が返ってきた。

顔を上げると、傍らに結衣《ゆい》先輩が立っている。

ふわふわに巻かれた茶色い髪とちょっとわがまま気質なところが若く見えるけど、確かもう三十路《みそじ》のはず。部署が違うが、よく仕事を手伝ってもらう頼りになる先輩だ。

「良い感じって言うか……。結衣先輩、どうしたんですか？」

「いや、彼氏と上手くいってたら誘いづらいなって」

「えっ、彼氏なんていませんけど？」

「そうなの？　じゃあ今日の夜、ちょっと付き合ってよー」

途端に顔を綻《ほころ》ばせ、甘えた声で私の腕をつっつく先輩。

そういえば、彼女はどうやって仕事とプライベートを両立させているんだろう。仕事でミスなんて聞いたことがないし、彼氏だっていつも切れないと聞いている。

両方とも充実させている印象がある人だ。

「え、今日は……」

「合コンするんだけど、急にキャンセルが出ちゃって。お願い！」

結衣先輩が両手を合わせて、必死に頼み込んでくる。

「合コン、ですか……」

あまり乗り気になれない私に、結衣先輩がたたみかける。

「ほら、隣のビルに入ってる森中《もりなか》商事となんだけど、あそこ、良い男そろってるでしょ？　まだ大きい会社じゃないけど業績は急上昇してるし、もしかしたら上場しちゃうかもね。しかも今日のメンツはさ、営業のトップ3らしいの！」

「あー、森中商事。確かにすれ違う人たち、みんなかっこいいですね」

「でしょー！　どう？　普段は仕事ばっかりだし、たまにはさー、息抜きだと思って！」

笑顔でウィンクまでする結衣先輩は、文句なしに可愛い。

男なら、これで落ちたも同然だ。

「そうですね……」

結衣先輩には先日、納期前にヘルプに入ってもらったばかりだ。恩もあるし、先輩の頼みを断るのは角が立つ。普段は残業でなかなか参加する機会がない合コン。全く興味がなかったわけではないし。

どうしようと悩み始めたその時、ふと平岡先生の顔が頭に思い浮かんだ。

そう、料理教室ではなく先生が……どうして、そこで平岡先生が出てくるの？

料理教室は休みたくないけど、いつも仕事を手伝ってもらう先輩の頼みは断れない。おいしい食事を食べることは料理の勉強につながるかもしれないし、女子力が高い先輩と一緒にいれば少しは私の女子力も上がるかもしれない。だからいいですよね、先生。

なぜか心の中で平岡先生に言い訳しつつ返事をした。

「じゃあ、参加しますね」

「やったー！　一緒に楽しもうね。あ、でも、マッチョがいたら譲ってよー。私のタイプ！」

「大丈夫です。マッチョは好みじゃありませんから」

私は力の抜けた声で答えた。

仕事を片付けて帰る支度をし、料理教室に電話をかけたのは、合コンの開始直前。

「かしこまりました。では、次週お待ちしていますね」

電話に松林さんが出たことにホッとしつつ、少しがっかりした。先週なぐさめられてから、私は平岡先生のことを妙に信頼しているようだ。

そんなことを今さら自覚して、恥ずかしくなった。

今日は魚料理のレッスンだったなと思いながら、私は森中商事の営業トップ3と向かい合って座る。お店はオフィスの最寄り駅から三駅離れた場所にある、小さいながらもおしゃれなイタリアン。近場でいいんじゃ？　と思ったけど、私たちの会社の近くには古びた居酒屋くらいしかない。

「残念。マッチョがいないー」

隣でひっそり悲しむ結衣先輩をそっとなぐさめながら、私は愛想笑いを浮かべた。ちなみに、もう一人の女子は結衣先輩の友人で、二十七歳のアパレル販売員。少し派手だけど、これまた可愛い子だ。

「へえ、真奈美ちゃんって弟がいるんだね！　うんうん、そんな感じするよ」

「クールビューティーだよね。俺、結構好きだなあ」

「ど、どうも」

――良い男がそろってる？　確か、結衣先輩はそう言ったはず。

男性陣に何の興味も示さずガツガツとイタリアンを食している結衣先輩を、私はじろりと睨《にら》んだ。

どこがよー！

その場ですぐにそうつっ込みたくなった私は、多少出会いを期待していたらしい。

しかし、少なくとも三人とも私にとって「良い男」ではなかった。そろいもそろって、しまりのない笑顔に軽い口調。おまけに食べ方があまり美しくない。

失礼ながら営業のトップ3というのも疑わしいなんて思ってしまった。

やっぱり、魚のさばき方を平岡先生に教えてもらっていた方がよっぽど有意義な夜を過ごせたんじゃないだろうか。あー、魚が恋しくなってきた。いつの間にか、魚を調理する平岡先生が頭から離れなくなっている。

「追加でお料理頼んでもいいですか?」

メニューを広げながら尋ねると、正面の男性が頷いて身を乗り出してきた。

「いいよいいよ。俺もちょっと物足りないって思ってたんだよね。お肉いく? それとも、パスタとか?」

「私はペスカトーレを!」

「じゃあ、結衣も真鯛のカルパッチョ!」

「結衣先輩、気が合いますね。魚、食べたくなっちゃって」

「結衣もー!」

「やっぱり魚はー、旬のものを焼くにかぎりますよね」

「えー、やっぱりお刺身よ! 量はそんなになくていいから、質の良いヤツをいろんな種類、ちょっとずつ食べたーい」

結局、結衣先輩と魚談義に花を咲かせ、二次会もなく合コンはお開きとなった。お店の前で、結衣先輩の友人だけが一人楽しそうに森中商事の営業と連絡先を交換している。どうやら、彼女には良い出会いがあったようだ。

「ねえ、真奈美ちゃん、俺たちもアドレス交換しようよ」

「じゃあ、結衣ちゃんは俺とする？」

返事に窮《きゅう》していると、先に結衣先輩がムッとして口を開いた。

「じゃあって何よー、ついでみたい」

「いやっ、そんなことはないんだけどさ」

焦る男性に対し、すっかり酔っぱらっている結衣先輩はどこまでもストレートな口ぶりだ。

「連絡先なんて、教えてあげなーい。もう帰る！　真奈美、また明日ね」

「あ、はい、って……え」

「あ、ちょっと待ってよー！」

慌てて、その男性が追いかけていく。先輩の友人は別の男性と帰ったし、一人置いていかれてしまった。

「帰っちゃったね。俺たちはどこかで飲み直す？」

「ごめんなさい。明日も朝早いから」

しまりのない笑みを浮かべる男性に、私もつられてへらへら笑ってしまう。彼の名前すら覚えてないくらい、興味がないのに。

「そっか。じゃあ残念だけど、駅まで送っていくよ」

「ううん、それも悪いのでいいです」

慌てて断ったけど、時すでに遅し。

「何言ってるの。女の子が一人で帰ったら危ないよ。それに俺、もうちょっと真奈美ちゃんと一緒にいたいしさ」

まずい。私も結衣先輩を追いかけていけば良かった。

私の方が結衣先輩よりよっぽど男勝りなはずなのに、こういう時、なぜか先輩みたいにきっぱりと断れない。いや、それが恋愛経験の差か。

「じゃあ、行こうか」

流されるままに頷いてしまい、徒歩十分弱の駅までの道のりを、名前もわからない男性と一緒に歩くことになった。

「今日の店、おいしかったよね」

「うん、そうですね」

気もそぞろに相槌《あいづち》を打つものの、どうも居心地が悪い。

「今日来て良かったなと思って。真奈美ちゃんにも会えたし」

男性はまっすぐに私の目を見つめてくる。どう答えればいいかと少々黙り込んでしまった。自分が毅然《きぜん》とした態度を取れたら良いのだけど……

自分の不甲斐《ふがい》なさを自覚し、落ち込んだその時。男性がふいに足を止めた。

「どうかしました？」

「やっぱり、このまま帰るのはもったいないなと思って。ねえ、ちょっとだけでいいから俺に付き合ってよ」

「あ、えっと……」

最後に合コンに参加したのは、何年前だったかわからないくらいだ。男性とこんなシチュエーションになった場合、どう対処すればいいのかも忘れてしまった。

一つだけわかっていることは、この人は何か違うということ。すなわち、恋愛対象じゃない。それなら平岡先生の方が……って、どうして今日は先生の顔ばかり浮かんでくるんだろう。

きっと、今日が月曜日だから。料理教室をお休みしてしまったから。だからに違いない。

「真奈美ちゃん、行こうか」

男性は笑いかけながら、とても自然な仕草で私の腰に手を回してくる。その手から逃れようとわずかに身体をひねると、何を思ったのか彼は至近距離で私の顔を覗き込み、微笑んだ。

「もしかして、こういうのあんまり慣れてない？」

「えっ」

「いいね、そういうの可愛い。大丈夫だよ」

確かに以前、男性にこんな風に触れられたのがいつだったか思い出せないけど。私が照れて恥ずかしがっていると、すっかり勘違いされてしまったらしい。

今すぐ離してほしいと強く願っているのに、実際は顔を引きつらせながら、ごまかすよう半端な笑みを浮かべることしかできなかった。

「俺、最初から真奈美ちゃんのこといいなってずっと思ってたんだ。やっぱり、そうやって照れてる顔もすごく可愛い」

ますます顔を近づけられ、身体の奥底から嫌悪感が込み上げてくる。

もう嫌だ。

不覚にも泣き出してしまいそうになった、その時。

「何か勘違いしていませんか？」

「えっ」

私の肩にまた別の手が置かれ、その手が私の身体を力強く引き寄せた。

「明らかに顔がこわばって嫌がってるでしょう」

この声は……

ゆっくり顔を上げ振り返ると、驚くくらい近くに、今さっき思い描いていた顔があった。

いつものエプロンとは違い黒のロングコートに身を包んでいる平岡先生は、わずかに目を細めて鋭い視線を男性に向けている。笑っていない彼の顔を初めて見た。

「何だよ、あんた」

男性は急に声音を変えて凄《すご》みを利かせた。それに対して平岡先生は平然と微笑を浮かべる。

「この子の先生です」

先生の顔はいつもレッスン中に見せる表情と何ら変わらず、声音もとても柔らかだ。

「はぁ？　何、真奈美ちゃんの知り合いなの？」

「は、はい。そうです」

頷きながら思わず黒いコートにしがみつくと、平岡先生はまるで男性を挑発するように私の腰に手を回してきた。

びくんと私の身体が揺れる。

しかし、恐怖や嫌悪感を抱いたわけではない。驚きと少しばかりの高揚感があっただけ。

「彼女に手を出さないでもらえますか？　僕の大切な生徒なので」

平岡先生の体温と言葉に、鼓動は高まり、私の頬はカッと熱を持つ。

腰を抱かれたまま顔を上げることができなくて、今、先生がどんな顔をしているのかはわからない。

「……ちっ」

男性は大きな舌打ちを残すと、すごすごと帰っていった。

それでも、まだ心臓がうるさく鳴っている。助かったという安堵とも違う、新たな気持ちが胸の奥で甘く疼《うず》いているのを感じた。

「ほら、もう平気ですよ」

顔を上げるどころか微動だにできずにいると、平岡先生はそっと腰から手を離し、安心させるように私の頭をぽんとたたく。

「あ、あの……平岡先生」

遠慮がちに視線を合わせたけれど、何をどう言えばいいのかわからない。名前を呼ぶことしかできなかった。

「さっきの人は知り合いですか？」

「あー、えっと、今日会ったばかりの人で、一緒に飲んでたというか」

「そう。仕事が忙しいのかと思えば夜遊びして。まったく、悪い生徒さんですね」

言葉は私を責めているのに、口調はとても優しい。

「……すみません」

自分の非を認めることしかできない私は、ただうな垂れて謝った。

「というのは冗談ですが……、ああいう時ははっきり断らないと。勘違いする彼もどうかと思うけど、曖昧《あいまい》な態度は相手をつけ上がらせるだけですよ」

「はい……」

「それができないのなら、やっぱり夜遊びをするべきじゃない」

強い口調で言われ、私は何も反論できずにうつむいた。平岡先生はふっと短い息を吐く。

「大丈夫?」

優しく声をかけられたかと思うと、まだ彼のコートをぎゅっとつかんだままでいた私の手に大きな手が重ねられた。

「あっ、すみませっ……」

私はとっさに手を引っこめようとしたけど、逆にその手を引っ張られる。平岡先生が私の身体を抱き寄せた。驚いて離れようとする私の身体を先生の腕が力強く支える。まるで離さないとでも言わんばかりに。

「いいよ、このままで。まだ手が震えてる」

何て答えればいいのかわからなくて黙っていると、平岡先生が私の背中をゆっくりと撫でてくれた。

「……ご迷惑をおかけしてすみません」

ようやく、くぐもった声で謝った。彼氏や男友達でもない、つい最近通い始めた料理教室の先生を、極めて個人的なことに巻き込んでしまっている。そう思うと、羞恥心《しゅうちしん》やら申し訳ない気持ちやらがぐっと込み上げてきた。

「大丈夫だよ。少しも迷惑だなんて思ってないから」

そう告げてくれる声があまりにも優しくて、驚いて顔を上げた後にしまったと思った。平岡先生の微笑があまりにも近くにあったから。すぐ目を逸《そ》らした私に、先生は言葉を慎重に選びながら続ける。

「それよりも、僕にしてみれば大きな発見だったかな」

「発見？」

「倉本さんは仕事ができて自分を持っている、しっかりした女性というイメージでした。料理が苦手なところ以外は隙がないというか、短所が見当たらないというか」

「そんなこと、ないですよ」

平岡先生からそう言われ、やっぱり彼にも可愛げのない女に見られているんだと、いささか落胆した。不本意ながら、周りの目にはそう映ってしまうらしい。

「失礼な言い方になってしまうかもしれないけど、こんな可愛いところもあるんだなって」

「か、可愛い？」

意外な言葉だった。

「男に強引に誘われて、断り切れずに足を震わせてる。そんな姿を見てしまうと、つい庇護《ひご》欲《よく》がそそられるって言うのかな。守ってあげないとって思うね」

「は、恥ずかしい。こんな風になるなんて、本当に自分が情けないです」

羞恥心《しゅうちしん》に打ち勝てず、私は先生の胸に顔を埋めてしまった。平岡先生が頭上でふっと微笑んだ気配がする。それと同時に、私の身体に回していた腕に優しく力が込められた。彼のぬくもりが伝わってくる。

「平岡、先生……？」

身体中に響く自分の鼓動を感じながら、小さく名前を呼んだ。

「やっぱりこうしたくなる。嫌なら言って」

教室で耳にしているよりもさらに柔らかな声音が、私の胸をくすぐっていく。先生に抱きしめられるのはちっとも嫌じゃない。むしろ温かくて心地良かった。

「嫌ではないです……」

いろんな照れをごまかすようにか細い声で告《つ》げると、私は硬直していた身体を緩《ゆる》め、おずおずと平岡先生の胸に寄りかかった。

先生はまた少しだけ強く抱きしめてくれた。

「平岡先生、助けてくださってありがとうございました。先生が通りかかってくれなかったら、どうなっていたか……そういえば、先生はどうしてここに？」

気になっていたことを思い出し、顔を上げて尋ねた。

「もう大丈夫です。落ち着きました」と付け加え、身体を離す。これ以上、彼の腕の中にいると心臓が持ちそうになかったから。

「あ、僕の家がこの近くなんですよ。ちょうど教室からの帰り道で」

「そうだったんですか。今日はお休みしてしまって、すみませんでした」

平岡先生からプライベートの話を聞くのは貴重だな、なんて思いながら、丁寧に頭を下げた。

「いえいえ。それは本当に気にしないで」

先生が笑顔を向けてくれてもやっぱり心苦しくて、うつむき加減で曖昧《あいまい》に頷くことしかできない。

「駅まで送りますすよ。行きましょうか」

平岡先生はまるでそれが当たり前のように言う。その言葉に促《うなが》され、肩を並べて駅までの人通りの少ない道を歩き出した。

二人の足音が静かに響く中、先生がふと私の大きめのサブバッグに目をとめる。

「女性は荷物が多いですね」

「ああ、これはお弁当と書類が入ってるんです。今日は食事しながらの取材だったので、結局食べられなかったんですけど」

「なるほど。忙しいのに、料理頑張っているんですね」

平岡先生は感心したように、何度か頷く。

「なるべく自炊にして、お弁当も作って。そうしたら、卵焼きはちゃんと焼けるようになりましたよ」

「良かった。家でもしっかりと復習してくれているんですね。それは教え甲斐《がい》があります」

平岡先生が本当にうれしそうに笑ってくれたので、さっきまで沈んでいた私の気持ちは少し浮上した。

「今日も本当は教室に行くために早く帰ろうと、仕事を調整してたんです。でも、急に合コンのお誘いがあって……普段、仕事で助けてもらってる先輩のお願いだったので、断れなくて」

「そうだったんですか。合コンは楽しかったですか？」

「びっくりするくらい楽しくなかったです。今日のレッスンは魚料理だったのにと思いながら、魚ばっかり食べてました。だから、もう休みません。家で復習もするし、来週から真面目に通いますのでよろしくお願いします」

　思わずビシッと背筋を正して頭を下げると、平岡先生の愉快そうな声が聞こえてきた。

「ふふっ、わかりました。じゃあ、来週からしっかりしごかせてもらうとしましょうか。覚悟してくださいね？」

「えっ？　そ、それは……今まで通り優しくお願いしたいです」

　私の声はだんだんと尻すぼみになっていく。

「冗談ですよ」

　涼《すず》やかな声音で、平岡先生はおかしそうに笑った。

　先生の柔和な人柄に浄化されたように、駅に着く頃には晴れやかな気持ちになっていた。別れ際、平岡先生がもう一度私の頭をぽんと軽くたたく。

「じゃあ、気をつけて帰ってください。来週は教室でお待ちしてますよ」

　私は先生に再度お礼を告げて微笑み、改札を抜けた。もう一度振り返ってお辞儀すると、先生はまだ見送ってくれている。

　私は後ろ髪を引かれる思いでホームへと続く階段を上った。一人になると、この二、三十分に起こった出来事が自然と脳内で再生される。

　驚いた。まさか、平岡先生に助けてもらうなんて思ってもみなかった。しかも、それだけじゃない。あんな風に抱きしめられるだなんて。

思い返すだけで、すぐに顔が熱を持つ。

帰りの電車の中はどこかふわふわふわとした心地で、平岡先生のことばかり頭に浮かべてしまっていた。

＊　＊　＊

月曜日の残業は絶対ＮＧ。

そんな気持ちでここ最近、いつも以上に集中して仕事をこなしているつもりだった。

「倉本、これはどういうことだ！」

十二月最初の月曜日。もう夜の七時になろうという時間、岩本課長の雷が落ちた。

「申し訳ありません」

課長の叱責の原因は、前回と内容を変更しなければならない求人情報を、誤って変更せずに納品してしまったことだ。いつも納品した原稿には元請会社のチェックが入るが、細かいところまで確認しないこともある。

それ故に発行後、クライアントから直接指摘されてミスが発覚した。そのクライアントは飲食店経営の大手企業で、元請会社がとても懇意にしている会社だった。

原稿を作成したのは後輩の美織だけど、納品前に最終確認をしたのは私だ。

普段ならこんな初歩的なミスはしないはずなのに、どうかしている。

「お前たちは何年この仕事をしているんだ。クライアントからの信頼をなくしては元も子もないんだぞ！　仕事の手を抜くな！」

私と美織に対する岩本課長の態度は厳しく、私は平謝りするしかない。

隣ですすり泣く美織の背中を、そっとさする。私もさすがに覇気《はき》をなくして、うつむいていることしかできなかった。

「遅くなってすみません」

結局その日は、一時間近く遅れて料理教室に顔を出した。

「こんばんは。いらっしゃい」

平岡先生はいつもと変わらない微笑で私を迎えてくれる。

先生に会うのは先週、男性に強引に誘われていたところを助けてもらって以来だ。

今日の夕方までは顔を合わせにくいなと気にかかっていたのだけど、今はもうそんなことを考える余裕すらなかった。

仕事でのミスに落ち込み、うまく頭が働かない。

料理教室に行って気を紛らわしたかった。何より、平岡先生の笑顔に癒《いや》されたかったのかもしれない。

　しかし、そうは言っても、遅刻してしまうとそれなりに決まりが悪い。

　先生の説明はとっくに終わっていて、みんなはもうすでに調理を始めていた。それぞれの調理台には、後は揚げればオッケーという状態で、豚のカツレツが並べられている。

「倉本さん」

　どうしようかと途方に暮れていた私のもとに、平岡先生が来てくれた。

「すみません。こんな時間から来ても、どうしようもないですよね」

　思わず苦笑を浮かべてしまう。

「いえいえ、そんな謝らないでください。今日は帰るのが少し遅くなっても大丈夫ですか？」

「え、はい。特に問題ないです」

　問題がないどころか、家に帰ってもきっと一人で沈んでいるに決まっている。むしろ、あまり帰りたくないくらいだ。

「じゃあ、少し居残りレッスンしましょうか」

「え、いいんですか？　それは先生のご迷惑になるんじゃ」

「迷惑だなんて、とんでもない。少し延びたところで変わりませんから。それに、早く帰宅するより倉本さんの料理の腕が上達した方が僕はうれしいです」

「平岡先生……」

先生の優しい微笑みに、うっかり涙が込み上げそうになる。

「今日は豚肉料理ですよ。後で詳しく説明しますから、とりあえず一品、チャーハンを作ってみましょう」

平岡先生は私に簡単に説明してくれた後、他の生徒の様子を見に行った。

「真奈美ちゃん。仕事、だいぶ忙しいの？」

今度は、向かいの調理台から今井さんが声をかけてくる。

「あ、まぁそんなところです」

今の私は、曖昧《あいまい》に苦笑することしかできなかった。

「何かわからないことがあったら聞いて。オレのわかる範囲でなら教えるから」

快い笑顔で今井さんは調理に戻っていく。そんなささやかな一言にも、弱っていた心が少し潤《うるお》った。


「じゃあ、平岡先生にみっちりしごかれて」

レッスン終了後、橋本さんが私の肩をたたき、笑いながら教室を出て行く。

「先生と何かあったら、後で詳しく教えてくださいね！」

優希ちゃんもその隣で手を振ってくれた。

今井さんは今日も一番に上がり「また来週！」ととっくに帰っている。

アシスタントの松林さんは「お手伝いしましょうか？」と言ってくれたけど、平岡先生が大丈夫と断った。

そして、教室には私と平岡先生の二人になる。

「チャーハンはできたので、次は豚のカツレツを作りましょうか」

普段のレッスン中だってそんなに賑《にぎ》やかなわけではないのに、二人きりだとさらに静けさが強調され妙な緊張感を誘う。

平岡先生と向かい合うと、ふいに、先週彼に抱き寄せられた感触を思い出した。その時の先生のぬくもりや腕の力強さを。

胸の内が甘く鳴り始め、顔が火照《ほて》ると同時に、先ほどまでクライアントに迷惑をかけたことを反省していたはずなのにと、自分に少々嫌気がさす。

「倉本さん、おいしい豚肉の見分け方ってご存じですか？」

「見分け方……いえ、わかりません」

「鮮度の良いものは、美しい艶《つや》のある淡いピンク色をしています。今はスーパーでパック詰めされたものを買うのが主流でしょうから、そんなに意識したことってないかもしれませんね。今度、お肉屋さんにも行ってみてください。いろいろ教えてもらえますよ」

「わかりました。次からよく見てみます」

どこか気もそぞろの中、平岡先生の言葉をメモしていく。

いや、こんなことじゃだめだ。せっかく、こうして時間を割《さ》いて平岡先生が居残りレッスンまでしてくれているのに。集中しようと思い直すと、姿勢を正し、平岡先生の目を見つめた。

「では、豚肩ロースを筋切りしていきましょう。食感を良くするために、肉の固い繊維を切っていくんです。こうして、包丁を立てて脂身《あぶらみ》と赤身の境《さか》い目を切ります」

「はい。こう、ですか？」

「そうそう。もう少し包丁を立ててもいいですね。こうやって……」

なるべく余計なことは考えない。今は目の前のことに集中する。そう意識して、平岡先生の見よう見まねで調理を進めていった。

揚げ鍋からはジュウジュウとカツの揚がる音が聞こえてくる。

「ちょっと事務仕事を片付けてきますね」と、平岡先生はパーテーションの奥の事務所にしばらくこもり、私は付け合わせのキャベツを千切りしていた。

なかなか均一に切れずに時間をかけながら苦戦していると、その内、妙な匂いが辺りに充満してきた。

「えっ、もしかして……」

「あっ、倉本さん！　火を止めてください」

「は、はい」

飛び出してきた平岡先生に言われ、慌てて火を止めるも時すでに遅し。揚げ鍋から取り出したカツレツは、ところどころ黒く焦げてしまっていた。

「うそ！　すみません、目を離してしまって」

「いいえ、僕こそもう少し早めに様子を見に来れば良かったですね。少し焦げてしまいましたが、これくらいなら大丈夫ですよ」

そこで先生は言葉を区切ると、声のトーンを厳しいものに変える。

「ただ、家で揚げものをする際はくれぐれも気をつけて。火事になってしまっては大変なので」

「はい」

仕事でミスした上に、料理教室でも失敗を重ねるなんて。

何もかも上手くできない自分がほとほと嫌になる。普段ならこのくらいの失敗、次は気をつけようと前向きに受け止められるのに。今はそんな気力すら残ってなかった。

私は器用な方じゃない。それでも今までの人生、どうにか順当に過ごしてきた。学生の頃は勉強だって中の上くらいで、高校も大学も第一志望に受かった。高校生の時は好きな人を遠くから見ていただけだったけど、大学生になると彼氏もできた。大学卒業間近であっても、どうにか今の会社に雇ってもらえた。

でも、本当にそうだろうか？

仕事だけじゃなくてプライベートももっと充実させたい、恋愛だってしたい。そう思って、通い始めた料理教室。だけど、料理はさほど上達していない。

ところどころ黒く焦げたカツレツを目の前にして、今まで張り詰めていた糸がぷつんと弾けてしまった。

「倉本さん……？」

平岡先生に顔を覗き込まれて、初めて涙が頬を伝っていることに気づく。

「あ、すみません……」

何と言えばいいかわからず、羞恥《しゅうち》が込み上げてきた。

こんな風に人前で泣くなんて、大人になってから初めてだ。早く泣きやまないと先生を困らせてしまう。そう焦るのに、涙はなかなか引っ込んでくれない。

「いいよ。泣いてしまった方が楽になれるかもしれない」

平岡先生の優しい声音に、ますます涙があふれる。

「そんなこと、言われると……止まらなくなってしまいます」

「うん、気の済むまで泣くといい。少し席を外していようか」

そう言って背を向けようとする平岡先生の腕を、私はとっさにつかんでいた。

「いえ、いてください」

人前で泣くなんてみっともない。そう思うけど、一人で泣くのは嫌だ、寂しい。そんな自分勝手な思いが胸の内に渦巻《うずま》く。

「わかった」

平岡先生は小さく微笑むと、私の背中をゆっくりとさすってくれた。大きな手のひらは温かく穏やかで、先生の人柄がそのままにじみ出ているようだ。言葉はないけど、ずっと優しい眼差しで見守ってくれている。そのぬくもりが私の涙だけでなく、情けない弱音も引きずり出した。

「私、何もできなくて、全部だめで……もうどうすればいいのかわからなくて」

我ながら驚いた。

相手がたとえ親しい友人であってもこんな泣き言は絶対、言わないのに。勝手に、気持ちが次から次へとあふれ出てしまう。

「すごく中途半端。こんな風に泣いてしまうのも嫌。でも、一人で泣くのが嫌なのも本当で……」

強がりな私の本音。

平岡先生は静かに、ただ耳を傾けて聞いてくれた。

「人間なんてそんなものだと思うよ。でも、倉本さんはそうやって冷静に自分を見つめられる。強いね」

「そんなことない……すごく弱いです。仕事しか取り柄がないんです。それなのに、あんなミスをしてしまうなんて……もっと、しっかりと信じられるものが欲しい」

今まで間違いないと信じて築いてきた土台――元々あった仕事に対する自信すら、容《た》易《やす》く崩れてしまった。

こんなことでは揺らがない、強い支えが欲しかった。

「それなら、僕から一つ提案があります」

「えっ、提案？」

唐突に切り出された平岡先生の言葉に、私は目元をハンカチで押さえながら顔を上げた。

「個人レッスン、受けませんか？」

目を見開いた拍子に、涙がピタッと止まった。

「倉本さんは今、いろんなものを見失ってるんじゃないかな。全部だめなんて思うことないんですよ。仕事でミスしたのかもしれないけど、それ以上に普段は頑張ってるんでしょう？　だったら、自信を持っていい」

「そう、でしょうか……？」

「料理は始めたばかりなんだから、今はできなくていいんですよ。不安に思う必要もない。でも、一つ一つできるようになれば自信が増えていく。違う？」

平岡先生がまっすぐに私の目を見て、静かに微笑む。その瞳の力強さに引き込まれるように、私もじっと見つめ返す。

「そうすれば、もっと強くなれますよ」

「強く、なれますか？」

こんな風に何もかも見失って不安に揺れる、そんなことはなくなるだろうか。

「はい。たかが料理、されど料理です。毎日、口にするものをおいしく作ることができる。素晴らしいことだと思いませんか？　……って、料理教室を開いている僕が言うとただの宣伝みたいですけどね」

そう言って、平岡先生は苦笑いした。

「そんなことありません。本当にすごいことだって思います」

以前は正直、そこまで料理や食事に関心がなかった。おいしいものを食べればテンションは上がったけど、毎日の食事は仕事の合間に流し込むも同然で、味わう余裕なんて持とうともしなかったから。

料理教室に通い始め、平岡先生に会った今では思う。

塩や砂糖の加減、野菜や肉の切り方にも非常に気を遣っている。そうして手間暇かけた一品がどれだけおいしいかに気づくことができた。そんな料理を自分でも作ることができれば、どれほど生活が豊かになるだろう。

「そう言ってもらえてうれしいよ。倉本さんの自信を増やすお手伝い、僕にさせてもらえないかな?」

平岡先生は相変わらず微笑むばかりで、気持ちは読めない。

「それが個人レッスン、ですか?」

私はつい聞き返した。

いくら優しい先生だからって、一生徒にそこまで肩入れしてくれるものだろうか。いや、これはもしかしたら新手の営業なのかもしれない。高額の授業料を払う契約をするまで、今日は帰れなかったりして。

警戒しなければと頭の中では思うけれど、胸の内には淡い期待が広がり始めていた。

平岡先生に会う機会が増えるかもしれない、それも二人きりで。

いつの間にか、その可能性を喜ぶ自分がいた。

思えば助けてもらった先週のあの夜から――ううん、それ以前から。気がつくと、私は平岡先生のことを考えてしまっている。

その事実にはっと気がついた時、「いかがでしょう?」と平岡先生に尋ねられた。彼の瞳と真正面からぶつかった。顔が煮上がってしまいそうになり、慌てて早口でまくし立てた。

「でも、仕事が忙しくて遅い時間じゃないと無理ですし、個人レッスンだと授業料も高いんですよね？」

顔の熱が平岡先生にばれませんように。そう強く願いながら、とっさに逸《そ》らしてしまった視線をおそるおそる戻す。

「時間はなるべくあなたの都合に合わせます。それに、授業料はいりません」

「えっ、いらない？」

「はい。その代わり、レッスンの後は僕と一緒に食事をしてくれませんか？」

今日は何度驚けばいいんだろう。

私は何度も目を瞬《しばたた》かせてしまった。淡い期待が胸を甘く締め付けるのを感じながら。

「食事を私と？　どうして？」

「理由は簡単です。あなたに興味があるから」

「えっ、どういう……」

平岡先生の言葉に、甘い疼《うず》きが増していく。だけど、気持ちばかりが逸《はや》って、私の頭はちっとも追いついていなかった。

何がどうして、こんな話になっているんだろう。

「そんなに深く考えることはないですよ。あなたにとって、プラスになると思ったら受けてくれればいい」

「プラスに？　それはなると思いますが……」

理解できない提案に即答するのもおかしな気がして言葉を濁すと、平岡先生はレッスンの時のように両手をパンとたたいた。

「わかりました。倉本さんが戸惑うのも無理はない。とりあえず一度、やってみましょう」

「個人レッスンと、えっと、その後にお食事ですか？」

「ええ、やってみなければわからないでしょうからね。そうだな、今週の金曜日はいかがですか？」

「仕事さえ早く片付けば、大丈夫ですけど」

「では、金曜は夜のレッスンがありませんので、基礎コースのレッスンと同じ時間に。多少遅くなっても待ちますから、僕の個人アドレスに連絡ください」

「わ、わかりました」

平岡先生の言葉に頷いているうちに、私はお試しで個人レッスンを受けることになった。

すっかり涙は乾き、大きな戸惑いを抱える胸は鼓動が強く鳴り響いていた。

＊＊＊

仕事を終え、帰宅後には夜遅く料理教室の復習をこなす。

けれども、毎日、平岡先生のことばかり思い浮かべてしまって集中できない。

そして、すぐに金曜日を迎えた。

厚意に甘えて無料の個人レッスンなんて受けてもいいんだろうか。遠慮がなかなか頭から消えない。でも、考えれば考えるほど願ったり叶ったりだと思えてきた。

料理を上達させる大きなチャンスに加え、平岡先生との食事だなんて。

正直、少し舞い上がっている自分がいる。

今だって、先生と顔を合わせる前からもう何かを期待して緊張し始めてきた辺り、タチが悪い。

「こんばんは」

「いらっしゃい。今日は二人きりですね」

教室のドアを開けると、いつも通り出迎えてくれる平岡先生と、私は目を合わせられなかった。

「あの、松林さんは？」

「今日はいませんよ。あなたの個人レッスンは僕が一人で受け持ちます」

「じゃあ、レッスンの前に一言良いでしょうか？」

「はい、何でしょう？」

「先日は、その……取り乱してしまってすみませんでした！」

私は勢い良く頭を下げた。

「居残りで見ていただいただけでもお世話になったのに、すっかりご迷惑をおかけしてしまいました」

「もしかして、ずっと気にしてました？」

「ええ。だって、私……その前の週も先生にお世話になってるし」

二週連続、レッスンに直接関係ないことで平岡先生の手を煩《わずら》わせてしまっている。

「そういえば、あれから大丈夫でしたか？」

「えっ？」

驚いた私が顔を上げると、平岡先生はこちらをじっと見ている。同時に、平岡先生との距離が心なしか近づいた気がして私の心臓が跳ねた。

「いや、別に何もなければ良いんですけど、あの男性から連絡があったりとか」

「あ、大丈夫です。連絡先も教えませんでしたから」

先生の言う「あれ」があの合コンの夜だと思い至り、慌てて首を横に振った。

「それなら良かった。少し気になっていたので」

「心配してくださっていたんですね」

「もし僕が間に割って入ったことで、相手を逆上させてしまっていたら申し訳ないから」

「いえ、平岡先生のおかげで助かりました。ありがとうございます」

改めてしっかりとお礼を言うと、平岡先生はふっと表情を緩《ゆる》めた。

「なら、良かった。だけど、ずっと気にしていてくれたということは今日、だいぶ頑張って来てくれましたか？」

「そんなことは……。ちょっとだけです」

もっと歯切れよく答えたいのに、どうしてだろう。平岡先生と話すと、決まって曖昧《あいまい》な言い方になってしまう。

「ありがとう。気にしないでくださいね。倉本さん、弱音を吐くのとか苦手でしょう？」

「は、はい」

ずばり言い当てられて、思わず言葉を詰まらせた。

「それなら、まずは僕の前で弱音や本音を出すことから始めてみましょうか」

「平岡先生の前で？　良いんですか？」

先日と同じように優しい言葉をかけられて、胸の内がうるさく鳴り始める。

「はい、僕で良ければいつでも聞きますよ。倉本さんの気持ちが少しでも軽くなるのなら、良いことです。では、レッスンを始めましょうか」

平岡先生の気持ちはわからない。

そんな先生と今日も二人きり。この後一緒に食事するのだと思ったら、先日以上に緊張する。

深呼吸しながらエプロンを身につけると、なるべく平静を装《よそお》い手渡されたプリントに目を向けた。本日のレッスンは以前、休んでしまった魚料理だ。

「倉本さんは魚の種類をどれだけ知っていますか？　まず、青背《あおせ》の魚……サバやアジにイワシなどがいますね。次に、白身の魚はタイやスズキなど。……他にも、川魚はワカサギやアユもいますし、魚介類という意味では貝や海老もあります」

「種類が多いんですね」

「ええ。なかなかすべてに精通するのは難しいですが、今日はイワシとアジを扱いますよ。そういえば倉本さんがお休みだった日、長谷川さんが魚の目が苦手と言い出して大変だったんです。イワシを五尾洗うのに卒倒しそうだって」

優希ちゃんらしいなと、自然と想像がつく。

「ふふっ、気持ちはわかります。私もあまり得意じゃないかも」

「そう？　でも、慣れてもらわないと困りますね。橋本さんはさすが慣れていらっしゃって。……良かった」

ふいに、話の途中で平岡先生が目を細めて声のトーンを変えた。

「えっ、何がですか？」

「あなたが元気になって良かった。今日の笑顔には力があるから。復活しましたね」

平岡先生の優しい表情に見とれそうになったその時、彼の腕が伸びてきて私の髪をそっと撫でた。今は近距離で平岡先生の微笑が私だけに向けられている。

私は動揺を隠すように目を逸《そ》らして、口を開いた。

「いつまでも塞《ふさ》ぎ込んでたってしょうがないなって。平岡先生に言われた通り、仕事にはもっと自信を持って、料理は一日でも早く上達するように頑張ります」

「うん、その調子。倉本さんのそういうところ、すごく良いですね」

頭から先生の手は離れたけど今度は笑顔で褒められて、頬が火照《ほて》る。私はそれ以上は何も言えなくなってしまった。

思えば、こんな風に誰かに面と向かって褒められることは、社会人になってからなかったかもしれない。平岡先生は私に久しぶりの感情をたくさん教えてくれる人だ。

「おっと、すっかり脱線してしまってすみません。話は食事をしながらゆっくりしましょう。今日はレッスンに合わせて、おいしい魚料理の店に行こうと思ってます」

「あ、はい」

少し緊張した面持ちで返事をすると、平岡先生がくすっと笑った。

「楽しみにしてたんだよ、倉本さんとプライベートで会えること」

「プライベート……」

「ねえ、そう思ってもいいよね？」

突然、平岡先生に悪戯《いたずら》っぽく顔を覗き込まれて、再び胸が甘く疼《うず》いてしまった。


イワシの目にも負けず、平岡先生に手伝ってもらいながらイワシの生姜煮《しょうがに》などを作る。簡単に試食し、午後九時半頃、本日のレッスンを終えた。その後、電車に三駅ほど乗って、見覚えのある駅に降り立つ。先日、合コンが行われたイタリアンのお店はここから歩いて十分弱。まさか、またこの駅にやって来るとは思ってなかった。

「ここなんだ、魚料理の店」

平岡先生が足を止めたのは、駅前の雑居ビルの一階に入っている小料理屋だった。焦げ茶の店構えに濃紺ののれんが掛けられ、いかにも和食処《わしょくどころ》といった趣《おもむき》がある。

「いらっしゃい」

引き戸を開けると、大将といった感じのやや無愛想な年配の男性がカウンター席を勧めてくれた。テーブル席が三席とカウンター席のみの小さな店内は客の入り具合も程々で、木目の温かみがある落ち着いた雰囲気で統一されている。

「倉本さん、お酒は飲める？」

平岡先生が黒のコートを脱ぎながら私を見た。彼の今日の服装はベージュのカーディガンにシンプルな白シャツ、それにジーンズの組み合わせだ。エプロン姿ではない先生の姿が新鮮で、教室の外で会っているのだとより強く実感してしまう。

「少しだけなら。でも、飲んだことのないお酒ばかりみたいです」

『飲み物』と書かれてあるお品書きを見ると、今までに挑戦したことのないお酒がずらりと並んでいる。

「ここは、魚に合うお酒が厳選して置かれてるからね。そうだな……じゃあ、この日本酒はどう？　これだと爽やかで度数もそんなに高くないよ」

平岡先生が指差して、おすすめを教えてくれる。

「じゃあ、それにしようかな」

答えながらも、内心はやっぱり動揺してしまっていた。だって、これじゃあまるで本当にデートみたいだ。

どうしよう……なんておおよそ予想できていたはずなのに、何を今さら私は戸惑っているんだ。

結局、お酒だけでなく料理も平岡先生におすすめを三品ほど選んでもらった。フグの唐揚げにタラと白菜の重ね蒸し、それにブリのお吸い物。さっき、料理教室で自分の料理を試食したからこれでも量は少なめだ。

お通しとお酒が運ばれてきて、早速二人でおしゃれなグラスを重ねる。

「じゃあ、今日もお疲れ様でした。乾杯」

すすめてもらったお酒は口当たりも良く、確かに飲みやすかった。日本酒を一口飲んでから、平岡先生は早速お通しを箸でつっつく。

「うん、この和《あ》え物もなかなかいけるよ。食べてみて」

「あ、はい。……本当だ。おいしい」

「でしょ?」

少し自慢そうに笑う平岡先生の顔は、どこかあどけない少年っぽさがあった。

普段の彼は落ち着いた所作に、余裕の微笑み。橋本さんも先生を「大人の男性」と称していた。そんな大人の平岡先生との距離がぐっと近づいた気がして、無意識のうちに私の心は弾む。

「はい、お待ち」

今日のレッスンを二人で振り返っていると、注文した料理が次々と目の前に置かれていった。

「私、フグの唐揚げなんて初めて食べました。おいしいですね」

「中、ふっくらしてるでしょ。良かった、口に合ったみたいで。ここのブリのお吸い物がまた絶品なんだ、さあ食べて」

レッスン中は説明を聞き取るのに必死で気づかなかったけど、料理のこととなると平岡先生は本当にうれしそうに話す。いつの間にかその笑顔に見入っている自分がいる。彼と目が合う度に微笑みかけられてしまった。

料理を一通り堪能した後で、お酒を飲む間に訪れる沈黙。静かな雰囲気の中、平岡先生がゆっくりと話し始めた。

「倉本さんは料理ができないとか、全然上達してないとか言うけど、そんなことないと思うよ」

「そうでしょうか？　どうしても、気が焦ってしまって」

「倉本さんは意外と自分に自信がない？」

瞳を覗き込まれただけなのに、まるで心の中まで見透かされているような気がして心臓がひやりとする。

「はい。でも、周りにはよく勘違いされて……」

『真奈美は自信があっていいよね！　いっつも堂々としてるし』

そんな風に言われることが多かったりするけど、実際は違う。弱いところを人に見せるのを躊躇《ちゅうちょ》している、とても臆病な人間だ。

「なかなか見破られることはないんですけど、先生には何て言うか、情けないところを二回も見られちゃったから」

　一回目は男性にからまれて上手くあしらえない私を、偶然通りかかった平岡先生が助けてくれた。そして、二回目は込み上げてきたものを抑えきれずに泣き出してしまうなんて……。

「二回目は自分からばらしちゃったようなもんだし」

　思い返す度に、顔が熱くなる。相当参っていたとはいえ、あの時の私はやっぱりどうかしていた。

「後悔してる？　自分の弱さをばらしてしまったこと」

「……はい」

　小さく頷いた私を見て、平岡先生は表情を緩《ゆる》めた。

「僕はうれしかったよ。どれだけ落ち込んでいたとしても、あなたは気を許さない人間の前では弱音は吐かないだろうから」

　そう指摘され、先日、席を外そうとした平岡先生の腕を私の方からつかんだことを思い出す。

「私、平岡先生に気を許していたんですね」

「あれ？　今頃気づいたんだ」

　意外そうな声を上げて笑った平岡先生は、また日本酒に口をつけた。

「そういえば、仕事が取り柄だって言ってたね。仕事、好きなんだ？」

「そうですね。就職した当初は忙しすぎてこんなはずじゃなかったのにって嘆いてたんですけど、いつの間にか楽しくなっちゃって。だから、結婚の予定もないけど、子どもを産んでも続けたいって思ってます」

「そう。今は付き合ってる人はいないんだっけ？」

「はい。悲しいことにまったく。いたら、さすがにこの間の合コンに参加してません」

「そっか。じゃあ、こうして二人で会っても問題ないね」

平岡先生にそう微笑まれてトクンと胸が鳴る。私は曖昧《あいまい》に頷いた。


ずっと話し込んでいたわけじゃない。むしろ、言葉少なに落ち着いて食事をしていたように思う。だけど平岡先生と一緒だと心地良くて、あっという間に時間が過ぎていってしまった。

「倉本さん、もう時間だね」

「えっ？　あ、終電！」

先生に言われて時計を見ると、もうすぐ午前零《れい》時になろうとしていた。いつもならどんなに楽しくても「そろそろ時間だから」と自分から席を立つのに、こんなことは初めてだった。

「大丈夫だよ。駅はすぐそこだし、まだ電車の時間まで少しあるから。じゃあ、行こうか」

慌てる私をなだめるように言い、残っていたお酒をあおると平岡先生が立ち上がった。

それにならって私も席を立とうとしたけど、足に力が入らず驚いた。

「倉本さん？」

様子がおかしい私を心配するように、平岡先生が視線を向けてくる。

「あ、はい。帰りま……ひゃっ」

慌てて立ち上がろうとしてまた失敗した。

「おっと、大丈夫ですか？　もしかして、結構酔ってます？」

不覚にも私の足元は覚束《おぼつか》なくなってしまっている。危うく転びそうになったのを、平岡先生がとっさに抱えてくれた。

距離が一気に縮まり、お酒でぼーっとしている頭がさらにくらくらしてきてしまう。火照《ほて》った頬にも熱が増した。

「す、すみません。こんなはずじゃなかったんですけど」

「僕につかまって。とりあえずお店ももう閉まるし、外に出ましょうか」

「はい。すみません」

平岡先生の声に店内をゆっくりと見渡せば、もう私たちの他に残っているお客さんは一人だけだった。その初老の男性客も会計を済ませ、ちょうど店を出ようとしている。

こんな形でまたも先生に迷惑をかけるなんて、我ながら情けないやら恥ずかしいやら。どんな顔をすればいいのかわからない。先生にはかっこ悪いところばかり見られてしまう。

「いいのいいの。誘ったのは僕だし、お酒をすすめたのも僕ですから。申し訳なかったね、もっと弱いお酒にしておけば良かった」

「そんな、先生が謝ることなんてないし……」

トレンチコートを着せられ肩を抱くように支えられる。平岡先生が開けてくれた引き戸から外に出ると、背中越しに「まいどー！」と大将の威勢の良い声が聞こえてきた。

私は、その声ではっと気がついた。酔って朦朧《もうろう》としていたんだろうか。平岡先生がいつ会計を済ませたのかわからなかった。

「あ、お会計！　すみません、気づかな……きゃっ」

はっと顔を上げた拍子につまずきそうになって、紺ののれんをくぐった途端、平岡先生の胸に倒れ込んでしまった。

「大丈夫だから」

見上げると、平岡先生の薄い唇は思っていたよりもずっとそばにあった。分厚いコート越しにも、力強い腕の感触が伝わってくる。その距離でじっと見つめられてはどうすればいいのかわからず、再び顔が熱くなるのを感じながら私はさっと目を逸《そ》らした。

「で、でも、個人レッスンもしていただいて」

「その代わりに食事をって言ったのも、僕の我がままだから」

「そんな……」

気分がふわふわしているのはやっぱり酔いのせいか、それとも、平岡先生とのこの距離感のせいなのか。そんなことを考えていると、ふっと先生が微笑んだ。

「倉本さん。僕としてはうれしいんですけど、そろそろ行きましょうか」

「えっ？　あっ、すみません！」

慌てて離れると、今度は小さく苦笑いされてしまう。

「あー、自分で言っておきながら少し残念ですね」

「そんな……」

やっぱり戸惑うことしかできなくて、私はさっきと同じ言葉を口にした。

＊　＊　＊

翌日の土曜、私は午前中から休日出勤していた。

昨日手をつけていた記事を作成し、また別の特集記事をレイアウトしていたら、あっという間に窓の外が暗くなっている。仕事をしていると、時間が経つのが本当に早い。

「倉本、まだかかりそうか?」

同じく出社していた岩本課長が机の上を片付けながら尋ねてくる。

周りを見渡せば、まばらな人影もみんな帰り支度をしているようだった。

「いえ、私もそろそろ終わりにしようかなと思ってたところです」

「じゃあ、またアイラデザインと一緒にどうだ?」

私の言葉に、岩本課長が笑顔を見せる。

「えっ、またですか? 最近、仲良いんですね」

「気の合いそうな人がいてな。しかし、まだちょっと二人だと気まずいんだよな」

「ふふっ、何ですか、それ」

岩本課長の苦笑いに少し笑ってしまった。課長はたまに可愛いことを言うからおかしい。

「その気が合いそうな人、女性だったりして?」

「おいおい、そんなわけないだろ。向こうのプロジェクトマネージャー。れっきとした男性だ」

「ああ、川合《かわい》さんですね。もちろんわかってますよ。課長、意外と愛妻家ですもんね。いいですよ、飲みに行きましょう」

「おう！　……って、おい。意外とって何だ。俺はどこからどう見ても愛妻家だろ」

　その後、いかに妻を大事にしているかという話が延々と続いたので、適当に聞き流しながら帰り支度を進めた。


「えっ、ここですか？」

　私が思わず声を上げたのは、岩本課長と一緒に乗った電車が三つめの駅に着いた時だった。時計はすでに午後七時前を指している。

「おう、川合さんがこの近くに住んでてな。良い店を紹介してくれるらしい。俺たちも近いからいいだろ」

　もちろん、それはいいのだけど。ただ最近、私はこの駅に来すぎている気がする。平岡先生の家もこの辺りらしいし、住み心地の良い町なのかもしれないけど。

　川合さんのおすすめは店主が趣味でやっているような、カウンター席しかないこぢんまりとした創作フレンチのお店だった。

「あっ、岩本さん！」

「お待たせしましたー……って、あれ？」

　私たちが店内に入ると、川合さんの隣に細見さんの姿が見えた。岩本課長と二人で目を丸くする。

「メールで倉本さんも来ると伺《うかが》ったので、私も出社していた細見をつかまえてきましたよ」

「お疲れ様です。お邪魔でなければ、ご一緒してもいいですか？」

相変わらず爽やかな細見さんの笑顔に、私と岩本課長は快く頷いた。

「ええ、もちろん。それじゃあ、四人で飲みますか。なあ、倉本」

「はい。ここ、素敵なお店ですね」

「店構えもなかなかしゃれてるでしょ？　味も文句なしに美味《うま》くてね」

アイラデザインのプロジェクトマネージャーである川合さんは、岩本課長と同年代の優しそうな人だ。私も川合さんとは気が合いそうだと以前から思っていた。

「さあ、何飲みますか？　倉本さんは？」

川合さんにメニューをバンと広げられ、私は少々ひるんでしまう。

「あ、私は昨日も飲んだし、元々弱いのでノンアルコールにしようかな」

そう言ってノンアルコールカクテルのページを開こうとしたら、すぐに岩本課長の手がそれを阻止した。

「おいおい。一杯くらい付き合えよ。最初はビールだ、生中《なまちゅう》四つ！」

「あー、課長！」

「ははっ、仲が良いんですね」

　私がむくれる様子を見て、細見さんが声を上げて笑った。

「そりゃ、倉本はもう娘みたいなもんだからね。アイラさんところもみんな仲良さそうじゃないですか」

「いやー、どうでしょうね。聞かされるのは野郎のどうしようもない恋愛相談ばっかりですよ」

「ほう。それじゃあ、川合さんのおかげで細見君も無事に結婚が決まったと」

「あー、そうそう」

「あれ、そんなことありましたっけ？」

「おい、細見」

　とぼけるような仕草を見せる細見さんの頭を、川合さんが小突く振りをした。そこへお通しとビールが運ばれてきて四人で乾杯する。料理もいつの間にか、川合さんがおすすめを注文してくれていたらしく、すぐに生ハムとズッキーニのサラダがやって来た。

「サラダ、取り分けますね」

　取り皿とトングを手にする私を見て、岩本課長が「なあ、倉本はどうなんだ？」と口を開いた。

「へっ？」

　思いがけず話を振られて、変な声を上げてしまった。

「いや、倉本は気が利くし、仕事もできるが、男の話は聞かないなあと思って」

川合さんと細見さんがいる前で何もそんな話をしなくてもと思ったけど、岩本課長を見れば決してからかっている様子はなく、むしろ真剣な表情をしていた。つい私も真面目に答えなければという気にさせられてしまう。

「いや、私は……料理から頑張らないとだめなんで」

ビールに口をつけた後、ため息混じりに本音をこぼす。上司に、プライベートでまで心配をかけているとは心が痛んだ。

「えっ、どういうこと？」

首をかしげる細見さんに、事情を説明する。

「ほら、以前、ご一緒した飲み会で課長が言ってたじゃないですか。『胃袋を制する者は男を制す！』って」

「えっ、俺。そんなこと言ったかなあ」

「えー、言いましたよ！」

首をひねる岩本課長に思わず私が声を上げると、細見さんは頷いてくれた。

「言ってましたね、確かに」

「ですよねー！　ほら、細見さんは覚えてますよ」

まったく覚えてないらしい岩本課長に、私が怒り、川合さんは笑った。

「倉本さん、酔っ払いの言うことはあてにならないですよ」

「でも、それを聞いて私、料理苦手だから頑張らないとって思って」

「そうか。健気だなあ、倉本さんは」

続いてやって来たオードブルの盛り合わせに箸を伸ばしながら、川合さんが豪快に笑った。

「そうなんですよ。こいつ、見かけによらず可愛いところあるでしょ？」

「あのー？　見かけによらずってどういう意味ですかねえ？」

「褒め言葉だって！　お前、パッと見しっかりしてるからさあ」

岩本課長をじとっとした目で見てから、ビールをあおる。そんな私をまるでなぐさめるように、細見さんが取り分けたオードブルを私に差し出してくれた。

少しだけにしておこうと決めたはずのお酒は、散々岩本課長にいじられ川合さんに笑われ、細見さんに話を聞いてもらっているうちに、調子に乗って二杯もお代わりしてしまった。

「じゃあ、そろそろお開きにしましょうか。倉本、土曜の夜なのに遅くまで悪かったな」

気づけばもう二十二時近くになっている。

「いえ、楽しかったですよ。川合さんと細見さんともいろいろお話しできて良かったです」

「俺もですよ。良かったらまたこの面子《メンツ》でも、もっと大勢ででも」

「いいですね、俺もぜひ」

川合さんと細見さんもお酒に顔を赤くし、上機嫌で頷いてくれた。

店を後にした時の私は多少足元が覚束《おぼつか》なかったし、酔いが回っていた。けれども、一人で帰宅できないほどではない。

川合さんとは店の前で別れ、岩本課長と細見さんが一緒に駅まで戻ってくれた。

「じゃあ、倉本は反対だな。お疲れ、また来週」

「はい、お疲れ様で……わっ！」

私があいさつしようとした時、後ろからやって来た男性と勢い良く肩がぶつかってしまい、お酒が入っていたこともあって私は大きくよろめく。

「おっと、大丈夫？」

隣に立っていた細見さんが慣れた仕草でさっと肩に手を回し、そんな私を支えてくれる。

「す、すみません」

彼とは対照的に、こんなシチュエーションに不慣れな私はぎこちなく身体を後退《あとずさ》りさせる。細見さんは私の態度を気にする様子もなく、すぐに手を離した。

「気をつけて帰れよ、倉本」

「はい、失礼します」

「またね。倉本さん」

改めてあいさつをして、二人と別れた。

その後、ホームへと続く階段を上っていく途中だった。男性にぶつかった衝撃が引き金になったのか、突然、うっと喉元《のど》から何か込み上げてくるものがあって、慌ててお手洗いに滑り込む。

ぎりぎりで間に合ったものの、酔って嘔吐《おうと》したのは新入社員の時以来だ。お酒に弱いのを自覚していながら、昨日今日と少し羽目を外してしまった。

口をゆすいでからお手洗いを出たけれどふらふらとした足取りだし、まだ気持ち悪さが拭《ぬぐ》えない。一気に体調が悪くなってしまったが、課長たちと別れてからで良かった。思わぬ迷惑をかけてしまうところだった。

今度こそ階段を上ろうとするけど、足元がふらついてしまう。

「あっ……」

危うくそのまま転びそうになった身体を、予想外にも誰かの腕が支えてくれた。

「えっ！」

パッと顔を上げて、そこに見つけた顔に驚く。

「もしかして、飲みすぎですか？」

一気に酔いが醒《さ》めていくようだった。平岡先生に会ってしまったから。

「そう、みたいです。平岡先生は教室の帰りですか？」

確か、土曜も夜のレッスンがあったはずだ。

「うん。倉本さんは今一人なの？」

「さっきまで会社の人と一緒だったんですけど、別れてから急に気持ち悪くなってしまって」

「そうですか。電車に乗れます？」

「うーん、ちょっと落ち着いてからにした方が良さそうですね。ホームのベンチで休もうかな」

今、乗り物に揺られるとまた何かが逆流してきそうだった。

「具合、良くなさそうですね。顔色が悪い」

「大丈夫です、少し休めば」

心配させまいと笑みを向けるものの、どうしても弱々しくなってしまう。

「とりあえず、ここだと邪魔になるからホームに上がりますね。ありがとうございました。……平岡先生？」

私がお礼を言って去ろうとしても、平岡先生はなぜか私の肩に置いた手を離さない。

それどころか、逡巡《しゅんじゅん》した様子を見せた後、私の瞳をまっすぐに見つめてきた。

「良かったら、僕の家で休んでいきますか？」

「えっ！　……いえ、そんなご迷惑をおかけするわけには！」

思いがけない平岡先生の提案に、これでもかというくらい首を激しく左右に振った。

すぐに頭がぐらぐらして、ますます気持ち悪くなる。頭を押さえてうつむいた私の背中を、平岡先生がそっとさすってくれた。

「あー、そんなに動いたらだめですよ。タクシーを呼んでもいいけど、たぶん歩いた方がいいですね。少しだけ頑張れますか？　ほら、僕につかまってくれていいから」

「いえ、でも」

平岡先生に微笑みかけられ、私はすぐに返事ができなかった。酔って思考能力が低下しているとはいえ、さすがにまずいのはわかる。

「僕の家に来るのは嫌ですか？」

黙ったままでいると、平岡先生がとても優しい声音と共に私の顔を覗き込んできた。

「そういうわけじゃ……ないです」

先生の家なら嫌じゃない。平岡先生なら――。第一、何もないかもしれないじゃないか。そう思う反面、何かあった場合、後悔しないだろうかと不安になった。

平岡先生に好意を持っているのは事実だけど、まだ自覚したばかりだ。だいたい平岡先生は私のことをどう思っているんだろう。

「嫌じゃないなら。ずっとここにいるわけにはいきませんよ。ホームのベンチに放っておくこともできませんし、行きましょう」

平岡先生が自然な仕草で私の腰を抱き、歩くよう促《うなが》す。

「……はい」

身体がふらついていたのもあって、それ以上は強く抗《あらが》えなかった。駅員に説明し、さっき入ったばかりの改札をまた抜ける。平岡先生にそっと寄り添い夜道を歩き始めた。

駅から数分も歩かないうちにすぐ住宅街に入る。車は一台も通らず、通行人ともほとんどすれ違わない。静寂に包まれた夜の空気はひんやりと冷たく、ぼうっとしていた頭がしゃきっと冴《さ》えていく。もう酔いはほとんど醒《さ》め、夜風のおかげで気持ち悪さも薄れていった。

風が強く吹き、あまりの寒さに身体が縮こまる。

「寒いですね」と話す平岡先生の白い息が私にかかってしまいそうで、妙にドギマギした。

その辺りでようやく、私の頭が正常に戻った。

岩本課長たちと飲んでいたはずなのに、どうして平岡先生の自宅に向かっているんだろう。まさかこんなことになるなんて露《つゆ》も思っていなかった。

私の鼓動はどんどん激しくなっていく。

しかし、だからといって平岡先生の厚意を無下《むげ》にして、今さら「やっぱりいいです」なんて引き返せない。

平岡先生の家は駅から徒歩数分、三階建てマンションの最上階に位置していた。階段を三階まで上がる時も平岡先生は私が足を踏み外さないよう腰にしっかりと腕を回す。部屋に着くまで私たちはずっと触れ合ったままだった。先生に触れられた箇所が異常に熱を持っているように感じ、どうしても意識してしまう。

「お邪魔します」

「お客さんが来るとは思ってなかったから散らかってますけど、遠慮しないで」

珍しく平岡先生が恥ずかしそうに苦笑した。その言葉はどうやら本当らしく、きっと昨夜着ていたのだろうパジャマが脱ぎっぱなしになっていたり、取り込んだ洗濯物がそのままソファに置きっぱなしになっていたりした。それ以外は基本的に綺麗にしてあるようで、だからこそ逆にその散らかり具合が目立ってしまっている。

間取りは１Ｋかと思ったら、奥にもう一室あるみたいだった。大きな本棚にたくさんの書籍が詰まっている他は物の少ないシンプルな部屋だ。珍しいのは、単身用のマンションにしては立派な台所が備え付けられてること。これが、先生がこの部屋を選んだ理由だろうと一目でわかった。

「まずいな、失敗したかな」

今度は青い顔をして、平岡先生が独り言のように呟いた。

「うちに来ればいいなんて言いながら、すみません。朝、寝坊して慌てて家を出たんです。こんなに散らかってるとは思ってなくて。ここ、良かったら座って」

平岡先生は、二人掛けのソファを占拠していた洗濯物を雑な手つきでそのままラグの上に放り投げた。

「あ、洗濯物に皺《しわ》が」

「いいんです、気にしないで」

「私の方こそお構いなく。本当に、突然お邪魔してしまってすみません」

「あ、余計に気を遣わせてしまいますね。申し訳ない。とりあえず水飲んで」

平岡先生は私からコートを受け取ると、代わりに水の入ったグラスを差し出してくれた。

「ありがとうございます」

ソファに座らせてもらい水を口に含む。頭はぼんやりしているものの、ふっと気が抜け少しだけ落ち着いた。

しかし、ここは平岡先生の自宅だ。緊張しないでいられるはずがない。

「気分はどうですか？　やっぱりまだつらい？」

　コートを脱いだ平岡先生がわずかな距離を空けて、私の隣に腰掛けた。私たちの間は平岡先生の大きな手のひら一つ分くらい空いている。

「いえ、ここまで歩いて夜風に当たったおかげで、だいぶ気持ち悪さはなくなりました。今は少し頭がぼーっとしてるくらいです。酔いももう醒《さ》めたし、本当にお騒がせしました」

「いやいや、それは良かったです。明日は仕事、休みですよね？」

「はい、日曜なので」

　明日は特に予定もない、今日で仕事も片付いたので出勤するつもりもなかった。

「なら、ゆっくりしていくといいですよ。あまりくつろげる部屋じゃなくて申し訳ないけど」

「お仕事が忙しいと家が荒れますよね。わかります」

「そう言ってくれると助かります」

　心底ほっとしたように平岡先生が言うから、小さく笑ってしまった。弟に指摘された夏以降、私はどうにか綺麗と言えるレベルで部屋を維持しているけど、部屋がすぐ散らかってしまう気持ちはとてもよくわかる。

「でもやっぱり、正直に言ってしまうと意外です」

「そうですか？」

「はい。平岡先生って、何でもきちんとしているイメージがあったので」

素直な印象を口にすると、平岡先生は苦笑した。

「恥ずかしいな。でも、これが本当の僕だから、倉本さんにはそういうのを全部知って欲しい。あなたには何か隠したり嘘をついたりはしたくないし」

「そう、ですか？」

「うん。だって、倉本さんは僕に……壁を作ったり何か取り繕《つくろ》ったりしてないですよね？　それなら、僕も同じようにいかないとフェアじゃないからね」

「私は別に意識してるわけじゃなくて、ただ、いろんなものがだだ漏《も》れになっているだけなので。気にしないでください。迂闊《うかつ》なだけなんです」

私はあまりの恥ずかしさにうつむきながら言葉をこぼした。

「そうかな？　倉本さんだって誰に対してもそういうわけじゃないでしょ？　それは僕に対して気を許してくれてるからだと思ってたんですけど、違う？」

うつむいた顔をじっと覗き込まれ、私は嘘をつけなかった。

「違わない、と思います。平岡先生だから……」

「良かった、勘違いじゃなくて」

茶化すように笑った後、考え込むような間をあけてから平岡先生がゆっくりと私に向き直る。

「ねえ、体調は本当にもういいの？　少しでもつらかったら、無理しないで言って欲しい」

「はい。ここに来るまで歩いたおかげで良くなったというか、もう吐き気もないし、頭もしゃきっとしてます」

今度こそ心配かけないように私が笑うと、平岡先生はホッとしたように頷いた後、わずかに表情を引き締めた。

「ねえ、それならちょっと話を聞いてくれませんか？」

「えっ、はい」

何の話だろうと思いながらも、平岡先生の方に身体を向ける。

「個人レッスンを提案した時、あなたに興味があるって言いましたよね」

その口調は改まったもので、小さく頷く私に平岡先生は言葉一つ一つを大切に紡《つむ》いでいった。

「最初、教室で倉本さんを見た時はただ綺麗な子だなって思ったんです。本当にそれだけでした。興味を持ったきっかけは、偶然、合コン帰りのあなたに出くわした時。言いましたよね、僕にとっては大きな発見だって」

あの日、平岡先生は言っていた。教室で見た私は隙がないと思っていたけど、可愛いところもある、なんて。

「それからこの間、素の倉本さんを見せてもらって、こんなに脆《もろ》い一面もあるんだって知ってやっぱり気になりました。だから、個人レッスンと食事に誘ったんです。僕としては時間をかけて倉本さんと仲良くなれたらいいと思ってたんですけど」

そこまで話して区切ると、再び平岡先生が私の瞳をまっすぐに捉《とら》えた。

その段階で私の心臓は早鐘を打ち続けていて、まるで重力がなくなったみたいに身体はふわふわと浮いているように感じた。

「もう昨日から、それがもどかしくなってしまいました」

「えっ」

「昨日一緒に過ごしてみて、やっぱり話せば話すほどあなたのことが気になって仕方ない、もっと知りたいと思いました。倉本さん、好きです。僕と付き合ってくれませんか？」

平岡先生の家にお邪魔するだけでも充分予想外だったのに、まさかこんな正面切っての誠実な告白が待ち受けているなんて。

「だめ、ですか？」

驚きすぎてしばし固まっていると、平岡先生が不安そうに尋ねてくる。私は慌てて言葉を探した。

「えっと、突然で驚いてしまって」

「そうですよね、ごめん。でも、僕が一番驚いているかもしれません」

「えっ」

「ここ数年、ずっと仕事に集中していて恋人もいなかったから、こんな風に人を好きになれたのは本当に久しぶりなんです」

そう話す平岡先生の口ぶりはどこかうれしそうに弾んでいて、私を見つめる眼差しはとても柔らかかった。

「そうなんですか？　意外ですけど」

「いいえ、元々遊んだりできるような性格でもないし、別にモテる方でもないからね」

「うそ、モテるでしょう？　平岡先生、優しいし、頼りがいもあって誠実だし、ルックスだって素敵で」

やっぱりまだ酔っているのかもしれない。

普段だったら言えないようなことをすらすら口にしていたら、ふいに平岡先生が私の肩に手を置いた。その瞬間、二人の距離がぐっと縮まり思わず息を呑む。

「ねえ、それって本心から言ってくれてます？　それとも、その後に『素敵な人すぎて私にはもったいない』とかって続くんでしょうか？」

「あ、えっと……そこまで考えていませんでした。今のは、ほ、本心ですけど」

しどろもどろになった私に真正面から真摯《しんし》な瞳が向けられ、頬が火照《ほて》ってしまう。

「じゃあ、倉本さんは僕のこと、男としてどう思ってくれてますか？」

そんな風に尋ねられるってことは、先生は私の返事に自信があるのかもしれない。平岡先生は自意識過剰な男性には見えないし、もしかしたら、もう私の好意は平岡先生にだだ漏《も》れなんじゃないだろうか。そう思うと、急に羞恥心《しゅうちしん》が込み上げてきた。

「……ごめん、やっぱり強引すぎますか」

うろたえて何も返事ができずにいると、良い結果は望めないと判断したのか先生は私の肩から手を離し、ソファに座り直してしまった。

「あっ……ち、違うんです」

もう気持ちがばれてしまっているのなら、自分の言葉できちんと伝えよう。

「平岡先生のこと、私は……初めて会った時からずっと心に引っかかってたっていうか」

だめだ。いざ話すとなると、一気に身体が火照《ほて》ってくる。心臓の音がうるさいくらい鳴り響いている。

それでも、平岡先生に伝えたい一心でどうにか言葉を紡《つむ》いでいく。

「ふとした時に、先生のことを思い出したり考えたりして……私も合コンの帰りかな？平岡先生に助けてもらって、それからもっと気になって……ひゃっ」

緊張のあまり手も震えてきたと思ったら、その手をふいに引き寄せられて、私は平岡先生の胸に倒れ込んでしまった。

「平岡、先生……？」

「ごめん、ちょっとたまんなくなって。それって、僕と同じ気持ちだってこと？」

平岡先生が切ない声で聞いてくる。

「はい。平岡先生が……好きです」

「それじゃあ、付き合ってくれますか？」

わずかに身体を離されて、まっすぐ瞳を見つめられる。断る理由なんてなかった。

「わ、私で良ければお願いします」

「良かった」

満面の笑みを浮かべると、平岡先生は私を力いっぱいぎゅっと抱きしめた。私はまだちっとも実感が湧かなくて、気持ちがずっと宙に浮いているみたいだった。

「ごめんね、具合が悪かったのに。今言わないとって焦ってしまって。……実はさっき、見かけたんだ」

「えっ？」

絞り出すような小さな声に、私は聞き返す。

「よろけた倉本さんが男性に支えられてるの」

「えっ、あ……細見さん？　あの時からいらしてたんですか？」

「うん、ちょっとコンビニに寄ってたから。お店から出てきたら倉本さん一人だったし、彼氏はいないって聞いてはいたし、きっと何でもないと自分に言いきかせて……」

「はい、取引先の方です。彼は新婚さんですよ」

細見さん、挙式は春らしいけど、入籍はすでに済ませたと聞いた。

「あ、そうなんだ。ごめん、勝手に妬《や》いたりして」

「いえ、そんな……」

バツが悪そうに顔をしかめる平岡先生を見て、私はただ驚いた。平岡先生が誰かに嫉《しっ》妬《と》するなんてこと、ないと思っていたから。

「倉本さんを誰にも取られたくなかった。焦りすぎかもしれないと思ったんだけど、昨日気づいたんだ。自分で思ってるよりも、もっと倉本さんに惹《ひ》かれてるって。ねえ、真奈美って呼んでもいい？」

「はい」

平岡先生が呼ぶ名前の甘い響きに、胸が詰まりそうになりながら頷いた。

「僕のことも、これから二人でいる時は先生って呼ばなくていいから」

「じゃあ、……俊介さん？」

「うん、いいね」

やっぱり、うれしそうに平岡先生……じゃなくて、俊介さんが笑った。

「具合が悪くなった真奈美には申し訳ないけど、今日会えて、僕が勘違いして良かった。そうじゃなかったら、たぶんまだ伝えられてなかった」

「そっか。私、酔って得したんだ」

二人で笑い合った次の瞬間、ふっと俊介さんが真顔になった。つられて私も笑みを潜《ひそ》める。見つめ合うと、やがて自然と俊介さんの顔が近づいてきた。鼓動が激しくなるのを感じながらゆっくりと目を閉じる。唇に柔らかな感触が触れて、甘い気持ちが胸いっぱいに広がっていく。

唇を触れ合わせながら、俊介さんが私の髪を撫で、身体をそっと抱きしめてくれた。私もおずおずと俊介さんの背中に腕を伸ばす。それに応《こた》えるように、彼は私を抱く腕にぎゅっと力を込める。

唇が離れると俊介さんが頭上で切ない吐息を漏《も》らす。

「ああ、だめだ。放したくない」

情欲に流されるような囁《ささや》きに、私の意思とは関係なく、自然と身体に熱が生じ始めてしまう。

「朝までずっとこうしてたらだめかな?」

「えっ」

「真奈美にたくさんキスしたい。抱きしめたままでいたい。真奈美、好きだよ」

私の返事を待たず、俊介さんは言葉どおり再び唇を塞《ふさ》いで、何度も口づける。そして優しく舌を私の口腔《こうこう》内に滑り込ませた。

「んっ……！」

夢見心地だった私はその生温かい感触に我に返り、反射的に抵抗しようと試《こころ》みる。

「大丈夫だよ、真奈美」

それに気づいた俊介さんが、穏やかな声で言う。

この先をためらうなら、今のうちにもっとちゃんと抵抗した方がいい。頭の中で警鐘が鳴っているのに、俊介さんの吐息が熱すぎてくらくらしてきた。

俊介さんの大きな手が、私の背中を撫でるようにさする。やがて彼の手が私の後頭部をしっかり支えると、さらに深くまで舌を差し入れられ、貪《むさぼ》るように口づけられた。頭の芯が甘くしびれてくる。

「……はぁっ」

どうしようもなく息が上がって、身体も熱くなってきた。

容赦なく舌をなぶられ、何度も口腔内を生温かい舌が行き来する。歯列を舐められ、次の瞬間、私の全身から力が抜けてしまい、俊介さんに完全に身体を預ける形となった。

「ベッドに行こうか？」

ようやく唇を離してくれたと思ったら、耳朶《じだ》に小さな口づけを落とされる。

「あ、えっと……」

そこで再び臆病な気持ちが顔を出す。

――今、ここで俊介さんと寝て後悔しないだろうか。

「真奈美？　だめ？」

俊介さんはじれったそうに私の返事を待っている。その瞳はすでにいつもとは違う熱を持っていて、こうして見つめられるだけで身体が火照《ほて》ってきた。

「あの……、平岡先生は本当に私のことを？」

彼の目を見つめながら、つい確認するように尋ねてしまった。さっき、彼からあんなにまっすぐな告白を受けたばかりだというのに。

「うん、好きだよ。不安？　優しくする。真奈美のことはこれから大切にするって約束する。……それに、先生はもうなし」

再び真摯《しんし》な瞳を向けられて、その言葉を、俊介さんの気持ちを信じたがっている自分がいた。

「あっ、そうでした。あの、私……」

私も同じように、嘘偽りない気持ちを俊介さんに伝えたい。けれど、どんな言葉で伝えればいいのかわからずに言いよどむと、俊介さんは私を安心させるように微笑んだ。

「うん、何？　話して。何でも受け止めるから」

私の瞳を覗き込んで、軽く頬に口づけてくれる。そんな小さなぬくもりがうれしくて、ようやく私の唇が小さく動く。

「私……恥ずかしいけど、恋愛に対して怖がりなところがあって。その……合コンとか行ってたくせに、何言ってるんだって思われるかもしれないけど」

何とかそれだけを言いうつむくと、俊介さんは私の頭を撫でてくれた。見上げると、とても優しい表情を向けてくれている。

「そっか。話してくれてありがとう。でも、苦手な気持ちを克服したいって思ってるんでしょ?」

「うん、そう。苦手だけど、やっぱり憧れもあって。……俊介さんのこと、好きだし」

「わかった、その苦手だっていう気持ちも受け止めるよ。僕と一緒に克服していこう。真奈美がちゃんと乗り越えられるまで一緒にいるから。もちろん、その先も」

再び柔らかな唇を押し当てられ、たまらない安堵感に包まれる。

この人となら——

自然とそう思えて、こわばっていた身体から再び力が抜けていく。

「私、俊介さんのこと、信じます」

「うん。大切に触れるから。でも、嫌だと思ったら我慢せずに言って」

俊介さんは頷いて、私の身体を軽々と持ち上げる。

「あっ、お、重いですよ、私」

上擦《うわず》った声でそう言うと、俊介さんはくすくす笑って私を見下ろす。その瞳が近すぎて、今度は息が詰まった。

「そんなことないよ、軽い。平気」

そのまま横抱きにされながら奥の部屋に通され、ベッドにそっと下ろされた。どうやら、もう一部屋は寝室のようで、壁際にベッドがあり、後は備え付けのクローゼットがあるくらいだった。

すぐに俊介さんが私の上に覆いかぶさってくる。微笑みながら、またキスを一つ。唇を舌でこじ開けられ、呼吸もままならないほど口づけがどんどん深くなっていく。俊介さんの息は次第に荒くなっていき、私の息も苦しくなると共に体温が上がった。

私の頬を撫でていた俊介さんの手は首筋から鎖骨へと下り、いつの間にか胸元に添えられている。

「……っ」

何か言おうにも絶えず口づけをされ、言葉を発することができない。ただ俊介さんに与えられる熱にどこまでも溶かされそうだった。私がキスに気を取られていると、セーターの上で俊介さんの手がやわやわと動き始めた。分厚い布越しに胸を揉まれているのを感じる。

「これ、脱がせちゃっていい？」

セーターの裾に俊介さんが手を差し入れてきた。

「……っ、はあ。やだ、恥ずかしい……」

ようやく唇を解放され、息を乱しながらやっとのことで言うと、まるで恥ずかしがる私を喜んでいるかのように俊介さんが笑う。

「見せて。真奈美のこと、もっと知りたい」

セーターの中に潜《もぐ》り込んだ俊介さんの指先が私の素肌に触れた。

「ひゃっ……」

ひやっとした感触に思わず身体を震わせると、俊介さんが喉《のど》の奥で笑いながら顔を寄せてきた。

「ごめん、冷たかった？」

「うん、少し……あっ」

私が頷いたその時、俊介さんの手のひらが私の左胸をブラジャー越しにそっと包み込んだ。

「すっごいドキドキしてる」

自分でも何となくわかる、全身に鼓動が響いているのを。

「だって恥ずかしいし、緊張してるから」

「そんなに身構えなくていいよ。もっとリラックスして。ほら……」

「んっ……」

俊介さんが優しく囁《ささや》きながら、私の胸をやわやわと揉み始める。それだけで恥ずかしくなり、顔を背《そむ》けて目をつぶると、すぐに「だめ」と顔を正面に戻されてしまった。

「ちゃんとこっち見てて」

「でも……」

「じゃあ、こうしてようか」

「えっ？　んっ……！」

俊介さんが私の唇を塞《ふさ》いだのと、彼の爪先が直接胸の先端をひっかいたのは同時だった。いつの間にブラの中に手を潜《もぐ》り込ませたんだろう。甘い電流が身体の奥から駆け上がり、思わず目を見開いてしまう。

俊介さんは真剣な瞳で私のことを見つめていた。身体が麻痺《まひ》したように動けない。こんなに甘い感覚は初めてで目が眩《くら》む。

「真奈美、可愛い」

俊介さんの声は、まるで私に呪文をかけているみたい。名前を呼ばれる度に身体に力が入らなくなって、彼のことしか考えられなくなってしまう。

無抵抗になった私のセーターやその下に身に着けていたシャツを、俊介さんが大きくめくり上げた。

「あっ、やだ！」

素肌が外気にさらされ、羞恥《しゅうち》を強く感じた。直後、ブラをずり下げて、俊介さんが私の胸元に顔を埋めてくる。先端に冷たいような、ピリッとした刺激が走った。

「あぁ……っ」

彼の唇は少しも離れることなく、私は胸の先端を執拗《しつよう》に舐められる。快感が込み上げてきて、思わずシーツを強く握りしめた。

「真奈美、手はこっち」

すると、それに気づいた俊介さんが私の両手の指を自分の指先に絡め合わせた。

再び、彼の唇は私の胸元をじっくりと弄《もてあそ》ぶ。先端を口に含まれて、ころころと舌で転がされる度、心地の良いしびれを感じ、小さく仰《の》け反《ぞ》った。

「……っ、ぁ……」

「声、我慢しないで。聞かせて。大丈夫、ここのマンション、壁厚いから」

そう言って笑う俊介さんに何て答えていいのかわからず戸惑っていると、ようやく彼は私の胸元から顔を上げた。今度は唇や頬にキスが降ってくる。

「ねえ、そろそろ脱ごうか？」

「あっ……」

熱に浮かされてぼうっとしている私の上半身から、俊介さんはセーターとシャツを一気に脱がせた。

「やっ……！」

上半身に身につけているものが、ずり下げられたブラ一枚になっていることに気づく。慌ててブラを直そうとしたけど、その手はすぐ俊介さんにつかまってしまった。力を入れても、びくともしない。私の両手を片手一本で難なく押さえ、俊介さんはゆっくりと微笑む。

「このままの方が都合いいから」

そのまま、また胸元を舌先で攻められた。

小さな水音が室内に響き渡り、羞恥が込み上げてくる。私の身体は熱くなり、力が入らない。俊介さんが私から手を離しても、もう抵抗することができなくなってしまっていた。

「これも取っちゃうよ」

「あっ……」

背中に回された俊介さんの手があっけなくブラのホックを外す。その場に落ちた下着は彼がベッドの下に落としてしまった。

今日は綺麗なのを着てて良かった、なんてぼんやりとした頭で思う。

「こっちも脱ごうか」

そう言いながら、俊介さんは私の穿《は》いていた黒いズボン越しに太ももを撫でてくる。

「わ、私ばっかりずるい……」

せめてもの抵抗にそう言ったら、俊介さんは小さく笑って、着ていた紺のニットとアンダーシャツを豪快に脱ぎ捨てた。

「それもそうだね。じゃあ、僕も下を脱ぐから真奈美も脱いで」

上半身をあらわにしてそう言われ、思わず目を逸《そ》らしてしまった。長身で大柄な人だと思っていたけど、引き締まった肉体は、私の目には眩《まぶ》しく映る。

私が動揺しているうちに、俊介さんはさっさとジーンズを脱いでしまった。現れた黒のボクサーパンツのフロントが盛り上がっているのを直視できずにいると、俊介さんの大きな手が私の頬に触れ、再び瞳がぶつかり合った。

「さあ、次は真奈美の番だよ」

さらに笑みを深めたかと思うと、俊介さんは私のズボンに手を伸ばしてくる。前のボタンを簡単に片手で外したかと思うと、ファスナーも素早く下ろされてしまった。

「あっ、ちょっと！」

「だから、次は真奈美の番だってば」

彼は、私の腰を浮かせてすっとズボンを膝まで下ろす。

「前から思ってたけど、足も綺麗だよね」

「……んっ」

ひざを撫でていた手が、徐々に上がってくる。

こそばゆいような感覚に、また身体の奥が甘く疼《うず》く。戸惑っているうちに、素早くズボンを足先から抜き取られてしまった。俊介さんは丁寧に、穿いていたショートストッキングまで脱がしてくれる。

「足、少し開いて。じゃないと、触れないよ？」

「やっぱり無理、恥ずかしい……」

「へえ、恥ずかしがり屋なところも可愛いけど」

言葉を区切って私の目元にキスを落とすと、俊介さんが悪戯《いたずら》っぽく笑いかけてくる。

「早く見たいから、恥ずかしがる余裕もなくしてあげる」

「えっ……あ！」

俊介さんが私のふくらはぎを手で撫でながら、足にキスの雨を降らせ始める。最初は膝に、そこから少しずつ上がっていって、それは徐々に内側にずれ込んできた。彼の指先はいつの間にか外ももを這《は》い回っていて、その感覚に私はもどかしくなる。

内ももには幾度となく柔らかい感触が押し当てられる。その焦《じ》れったい愛撫に力が抜けて、いつの間にか私はだらしくなく足を開いてしまっていた。

それに、目ざとく気づいたのは俊介さんだった。私の両内ももに手をかけると、そのままガッと力任せに開く。

「やぁっ……！」

私は目を逸《そ》らしながら、内ももに力を入れ抵抗する。しかし、俊介さんが私の足の間に身体を入れる方が早くて、私は彼の身体を両足で挟んだ。

至近距離で、ショーツ越しに秘所をじっと見つめられるのが気配でわかる。血が沸騰《ふっとう》してしまいそうなほど、恥ずかしい。

「もう、しっかり潤《うるお》ってそうだね」

俊介さんの言葉で、ショーツがすっかり湿り気を帯びているのだと知る。閉じようとしてももちろん叶わなくて、それどころかその場所に俊介さんの指がそっと触れた。

「あっ……！」

「やっぱり濡《ぬ》れてる。感じてくれてたんだ？」

「い、言わないでください……っ」

「否定はしないんだね」

うれしそうに言って、俊介さんがそのままそこを執拗《しつよう》に上下にこすり始める。

「あぁ、やぁ……あぁ！」

甘美な刺激を与えられ、もう声を止めることができない。快感が徐々にせり上がっていく。私はシーツをつかんで、その刺激に必死に耐えることしかできなかった。

「真奈美、可愛い」

そんな余裕のない私を見て俊介さんは呟くと、私に再び覆いかぶさってきて唇を重ねる。

「んぅ……」

深く舌を絡ませながらも、俊介さんは指で同じ場所をこすり続ける。そこからじわりじわりと熱が広がっていき、私を焦がす。口腔《こうこう》内と秘所を同時に刺激されて、思考が不明瞭になってきた。

「んんーっ！」

ふわふわとした心地に身を委《ゆだ》ねていると、ふいに俊介さんの指先が突起を捉《とら》える。

「そろそろ、これも脱いじゃおうか」

強烈な快感に、すっかり頭も呆《ほう》けていた。抵抗しようとすら考えられないうちに、俊介さんは強引に腰を持ち上げショーツを抜き取ってしまう。

「ちょ、ちょっと！」

焦って手で隠そうとしたけど、その手はすぐにつかまれて指をしっかりと絡め取られてしまう。両手をそれぞれ強く握りしめられる。

「真奈美の全部を僕に見せてほしい」

いつもとは違う妖艶《ようえん》な微笑を湛《たた》えた俊介さんは綺麗だった。

つい見とれていると、再び胸の頂《いただ》きを舌で転がされる。俊介さんはそのまま身体をずらしていき、今度は私の秘所に舌を這《は》わせ始めた。

「あっ、あぁ……！　そこ、嫌っ」

「どうして？　ここ、いっぱいあふれてきてるのに」

俊介さんの頭に手をやりどかそうとするものの、彼にまったく動じる様子はない。突起ばかり執拗《しつよう》に攻められて、私は抵抗する力を徐々に手放した。俊介さんにされるがまま、快楽の波に押し流されそうになる。

「も、もうだめっ……！」

「どうだめなの？　もうそろそろ限界？」

艶《つや》のある笑みを浮かべる俊介さんに目を奪われ、私は小さく頷くしかなかった。きっと、これ以上ないほど全身が赤く染まっているだろう。

それを見届けた俊介さんは、もう何度目かわからないキスを私にすると、自分の下着も素早く脱ぎ捨てた。

俊介さん自身が目の前にさらされて、私はとっさに目を伏せる。それはもう立派に体積を増して存在を誇示していた。

いつの間に用意していたのか、素早くゴムをつけると、俊介さんが再び私に覆いかぶさってくる。

「ねえ、もっといい顔を僕に見せてくれる？」

私の頬を撫でて笑うと、俊介さんは顔に触れるだけのキスをする。

次の瞬間、両足を左右に大きく広げられ、俊介さん自身が秘所にあてがわれた。

「あっ……！」

そのまま、そこをこすり上げられて声がこぼれる。

「これ、気持ち良い？」

少し笑って、俊介さんが何度も彼自身を上下にこすりつけてきた。私の全身に刺激が広がっていく。その快感に身体が打ち震えるけど、次第にもどかしくて物足りなくなってくる。

「うん？　どうした」

そんな私に気づいたのか、俊介さんは私の顔を覗き込み、耳元にキスを落とす。

「もう、やだ……」

「ん？」

私が言おうとしていることはわかっているはずなのに、俊介さんは私から直接的な言葉を引き出そうとする。

だけど、言えるわけがない。

小さく首を横に振って俊介さんの首に手を回すと、今度は私から彼の唇に小さな口づけを一つ。

「真奈美はいちいち、やることが可愛いんだから」

負けたとでも言うように苦笑して、俊介さんが私と真正面から瞳を合わせる。

「じゃあ、入れるよ……」

「うん……あ、あぁっ！」

押し入られる感覚に、無意識のうちに腰がひけてしまう。俊介さんは私の腰をしっかりと支えてゆっくりと中に入ってくる。

「ん、大丈夫っ……？」

わずかに顔をゆがめながら、俊介さんが気遣うように尋ねてくれる。本当は少し痛みがあったけど、口に出すのは恥ずかしくて小さく頷き、腕を伸ばした。

挿入されるにつれ、俊介さんと身体が密着していく。彼の背中に腕を回す私に、キスを一つ落として俊介さんが微笑んだ。

「ゆっくり動くよ」

「んぁっ……」

私の中で俊介さんが律動しているのが、ありありと伝わってくる。

見上げれば、俊介さんは少し苦しそうな顔をしながら、私だけをまっすぐに見つめ返してくれた。彼の視線に触れて、私の身体はますます燃え上がってしまう。痛みはすっかり霞《かす》み、代わりに甘やかなしびれが全身を駆けめぐる。俊介さんから伝わる熱に浮かされ、いつの間にか自分からキスをねだっていた。

「欲しいの？　いいよ。真奈美……」

うれしそうに微笑みながら、俊介さんは優しく口づけてくれる。そうかと思えば、次の瞬間には舌が滑り込んできて、どこまでも深く貪欲にむさぼられてしまう。すっかり翻弄《ほんろう》され、されるがままの私は息も絶え絶えになっていた。

俊介さんの顔も快楽にゆがめられている。その表情はあまりにも艶《つや》があって、私はますます俊介さんに魅了されてしまった。

「悪い。久しぶりだからかな。それとも、真奈美だからかな。あまり持ちそうにない……。もっと激しくしてもいい？」

「うん、大丈夫……あぁっ！」

私が頷いた途端、俊介さんは私の奥を激しくつき上げ始めた。何度も何度も、私の身体の熱をすべて奪い取ろうとするみたいに。私は必死で俊介さんにしがみつき、さらに貪欲に彼の熱を全身で感じ取ろうとする。今この瞬間、彼の吐息や体温、想いすべてに包み込まれてしまいたい。

「……っ、う……」

やがて、俊介さんの口からも苦しそうな上擦《うわず》った声がわずかに漏《も》れ始めた。

俊介さんが私で感じてくれているのならうれしい、なんておぼろげに思う。同時にまた私の身体はカッと熱を持つ。

「あぁっ、んん……！」

容赦ない俊介さんの欲望に声が抑えられない。身体の奥からじりじりと込み上げてくる私の快楽がやがて昇華されようとしていた。

「せんせっ、もう……！」

「……っ、だめだよ、真奈美」

それなのに、俊介さんはピタッと腰の動きを止めてしまう。自分だって、相当つらいはずなのに。

「えっ？　どうして……」

思わず泣きそうになって尋ねると、俊介さんは私の頬を優しく撫でてくれた。

「やっぱり悪い生徒だな、もう忘れたの？　僕のこと、名前で呼んでくれるまではずっとこのままだから」

「あっ……でも」

どうしてだろう。さっきは下の名前で呼べたのに、急に恥ずかしくなってきた。

「ん？　真奈美？」

「その……、どうしても呼ばないとだめ？」

「うん。だめ。さあ、名前で呼んで」

彼は期待するように小さく笑って私に口づけると、胸元に顔を埋めてきた。

「あっ、あぁ……やっ」

「嫌なら、ほら早く」

私に名前を呼ばせようと、俊介さんは胸の先端を甘噛みし、絶えずもどかしい刺激を与えてくる。

「んぁっ、やだ。もう……」

焦《じ》らされ、次第に我慢ができなくなってきた。私は彼の頭を掻き抱きながら、思い切って名前を呼ぶ。

「しゅ、俊介さん……っ、あぁっ！」

次の瞬間、俊介さんは満足そうに頷き、すぐに腰の動きを再開させた。

「そう、良い子だ……なんてっ、僕ももうそろそろ……っ」

「うん、私も……あぁっ」

奥をつかれる度に、私の中で快楽が限界を超える。俊介さんの息もますます荒くなっていく。

「うっ……、一緒に達《い》こうか」

「はい……もうっ、ああ、あぁあぁぁぁ！」

俊介さんがより激しく腰を打ちつけた途端、頭が真っ白になって快楽が身体の内で弾けた。同時に身体が大きく弛緩《しかん》して、私はぐったりとベッドに横たわってしまう。俊介さんはそっと私の中から自身を抜き出すと、手早く後始末を終えて私を優しく抱き寄せた。

「大丈夫？　無理させたかな？」

「ううん、平気です」

私は俊介さんに抱きつくと、微笑んで首を振る。

私の髪を撫でながら、俊介さんは甘く微笑み、ますますぎゅっと抱きしめてくれた。

素肌に触れる俊介さんのぬくもりがどうしようもなく愛おしい。

心地良い疲労感にすぐに眠気が訪れる。その日は久しぶりに甘い気持ちで心が満たされていくのを感じながら、俊介さんに寄り添って眠った。

＊＊＊

翌週の月曜日。

打ち合わせが少し長引いたものの、私は午後六時半にはオフィスを後にした。

俊介さんに会えるうれしさと共に、感じたことのない緊張感を伴って「平岡料理教室」のドアを開ける。もちろん、私たちが付き合い始めたことは教室の人たちには内緒だ。

「こんばんは、遅くなりました！」

ドア付近で松林さんと二人並んで何やら談笑していた俊介さんは、私の姿を見つけて微笑んでくれた。

「こんばんは、いらっしゃい」

その対応は先週と何ら変わらない。

俊介さんが私の方に近寄ると、松林さんは会釈《えしゃく》して事務所に戻っていった。

「今日もよろしくお願いします」

「はい。……ねえ、レッスンの後に残ってくれる？」

声を潜《ひそ》められたその問いに私が微笑みながら小さく頷いたその時、橋本さんが教室に入ってきた。

「橋本さん、こんばんは」

俊介さんは平然とした態度で橋本さんを出迎えるけど、私は一人緊張してぎこちない笑みを浮かべてしまう。慣れないといけないのに、なかなか前途多難だ。

戸惑っている間に全員がそろい、レッスンが始まった。

「今日はミンチの料理をやっていきます。やっぱり、定番はハンバーグですね」

俊介さんはいつも通りの穏やかなトーンで説明を進めていく。

目が合っても彼は先生の顔をしている。それなのに、私ときたらやっぱりドギマギしてしまい、ごまかすようにテキストに目を落とした。

どうにか聞き漏《も》らさないよう説明に耳を傾けた後、ミンチをこねていた時だった。

「ねえ、真奈美ちゃん」

今井さんが肉をこねながらボウル片手に、私に近寄ってきた。普段の彼は笑いかけてくれるのに、今日は何やら真剣な表情だ。

「何ですか？」

それに、心なしかいつもより距離が近い。

今井さんは声を潜《ひそ》めて私にだけ聞こえるように言った。

「先週の金曜、ちょうどこの近くを通りかかったんだけど、真奈美ちゃん、平岡先生と一緒だったよね？」

「えっ」

「一緒に駅の方へ歩いていったみたいだけど、どういう関係？　もしかして、付き合ってる？」

個人レッスンの後、一緒にお店に向かうのをどうやら今井さんに目撃されてしまっていたらしい。

「ち、違います」

内緒にしておかなければならないと、首を横に振った。今井さんは何かを考えるように黙り込んだ後、さらに真面目な顔つきになる。

「ふーん、そっか。じゃあさ、オレ、真奈美ちゃんのこと狙ってもいい？」

「……えっ！」

まったく予期していなかった言葉に思わず大きな声を上げてしまい、みんなが一斉にこちらを振り向いた。

橋本さんの指導に当たっていた俊介さんが、私と今井さんを見て微《かす》かに眉をひそめる。

「今井さん、どうして自分の調理台から離れてるんですか？　言いましたよね、レッスン中のナンパはだめだって」

「ははっ、すみません。もう、真奈美ちゃん！　冗談を真に受けないでよ」

「えっ、冗談？　やだ、もう真顔で言わないでくださいよー」

「ごめんごめん！」

今井さんの言う通りだ。冗談に決まっているのに、私は何を驚いているんだろう。自惚《うぬぼ》れているみたいで恥ずかしい。

二人で笑い合っていると、みんなもいつもの光景だと思ったのか、それぞれの調理に戻っていき、俊介さんの視線もやがて外れた。

「あー、びっくりした」

だけど笑いながら今井さんを見れば、彼は先ほどまでの真顔に戻っている。

「あれ、今井さん？」

「場が収まらないからああ言ったけど、冗談っていうのが冗談だから」

「え」

「前から可愛いなって思ってたけど、やっぱりモヤってしちゃうのはそういうことだよね」

小声でそう付け加えると、今井さんはそのまま自分の調理台に戻っていった。

私はミンチの中に手を埋もれさせたまま、しばらくぼーっとしてしまった。

「そんなに今井さんのナンパがききましたか？」

「えっ……、わっ！」

気づくと、俊介さんに顔を覗き込まれていて大げさに仰《の》け反《ぞ》ってしまった。

「大丈夫ですか？　だけど、そろそろハンバーグの形を作っていかないといけませんね」

「あ、はい。そうですよね」

今日はまったくもってレッスンに集中できない。

気合を入れ直してからようやく調理に没頭することができた。その甲斐《かい》あって、少し焦がしてしまったものの、おいしいハンバーグが出来上がる。

「確実に上達してますね。いいですよ」

俊介さんにも褒めてもらえて、単純な私はつい舞い上がる。その後で、これからます
ます頑張らなければと気を引き締めた。

試食を済ませてお皿を洗っていると、今井さんが寄ってきた。どうやら、後片付けを終えてもう帰るだけのようだ。

「真奈美ちゃん、チョコとか好き？」

「えっ、はい。好きですけど」

唐突にどうしたんだろうと、私は首をかしげた。

「じゃあさ、今から行かない？　この近くにできたショコラテリア。遅くまでやってるみたいだよ」

「あ、もしかして！　一週間前くらいにオープンしたお店ですか？　私も行きたいと思ってたんですよね」

確か、結衣先輩が友達とオープン初日に行ったはいいけど、行列に辟易《へきえき》して帰って来たと言っていた。それを聞いて私もずっと気になっていたのだけど、遅い時間帯なら少しは空《す》いているかもしれない。……なんて、のんきなことを考えてからハッとした。

『じゃあさ、オレ、真奈美ちゃんのこと狙ってもいい？』

そんな大胆なことを言われた直後だというのに、勢いで思い切り前向きな返事をしてしまった。

今の私には、俊介さんという大事な人がいるのに。

「そうなの？　ちょうど良かった！　じゃあ、行こうよー」

笑顔を全開にして喜ぶ今井さんを前に、私は困惑しながらどうにか言葉を続けた。

「あ、いや、えっと……そ、そうだ！　私、ちょっと残らないといけないんです。休みや遅刻が多いから、そのフォローをしてもらえるみたいで」

よくもまあ、こんなにするすると口から出まかせが出るものだと我ながら感心した。

俊介さんに残るように言われているのは本当だけど。

「えー、そっか。残るって、教室で？　外で会ったりとかは……」

「えっ、ないですよ。もちろん教室で。あの、言っておきますけど、この間は偶然会っただけなので」

何やら疑われているようなので、きっぱりとそう言っておく。

「あ、そうなんだ。残念だけど、わかったよ。来週行こう、約束だからね。それじゃ、お疲れ様！」

「あっ……、今井さん！」

笑顔で一方的に約束を取りつけると、今井さんはさっさと帰っていった。

「もう……、あれ、いつの間に？」

彼が帰ってから気づいた。私のお皿も調理器具も全部綺麗に洗ってある。

どうやら、今井さんが洗ってくれたらしい。

全く気づかなかった。

食器を棚に戻している間に、橋本さんと優希ちゃんも私に声をかけて先に帰っていった。

俊介さんは松林さんに帰るよう言ったみたいで、教室で二人きりになる。彼はゆっくりと私のもとにやって来た。

俊介さんと二人になるといつも緊張するけど、今日は周りに他の人がいなくて、むしろホッとした。

「お疲れ様」

俊介さんが先生の顔から恋人の顔になり、私に優しく微笑んだ。

「なんだか緊張して疲れちゃいました」

「そう？　意識しすぎだよ。大丈夫、これから慣れていくから」

「そうだといいんですけど」

「それよりさっき、今井さんと何話してたの？」

「えっ？」

不意打ちで顔を覗き込まれ、ドキッとしてしまう。

「ちょっと気になったんだけど」

「この間の金曜、駅で一緒にいるところを見られちゃったみたいで」

「ああ、そうなんだ」

「はい。付き合ってる？　って聞かれたから、違いますって言っておいたんですけど」

「別に、付き合ってるって言ってくれても良かったのに」

俊介さんが私からそっと目を逸《そ》らし、ため息をついて呟いた。

「えっ？　でも、内緒にしておこうって先生が……」

俊介さんと呼ぶか平岡先生と呼ぶか迷って、中途半端に「先生」と呼んでしまった。

「そうだったね。でも、今井さんは要注意人物だから」

「えっ、どういうことですか？」

「ねえ、さっき話してたのってそれだけ？　冗談とか本気とか言ってたのは何だったの？」

「えっ、あ、それは……うーん、何でしたっけ？」

俊介さんから真剣な表情で尋ねられ、あからさまに目が泳いでしまう。

「真奈美」

名前を呼ばれて顔を上げると、俊介さんの顔が間近にあって、チュッと軽くキスをされた。

「……っ！　び、びっくりした。教室でいいんですか？　誰か戻ってきたりしたら……」

「真奈美がとぼけようとするから、つい」

そう言う俊介さんは笑っていなくて、どこか怒っているようにも見える。

「す、すみません。いや、絶対に冗談だと思うんだけど、今井さんが私のことを狙うとか狙わないとか」

今にも消え入りそうな声でかろうじて答えると、俊介さんは一人納得したように頷いた。

「やっぱり、そういう話なんだね。まあ、前からどうなんだろうって思うところはあったよ」

「えっ、そうなんですか？」

「ほら、真奈美は全然気づいてないし。だから、告白を急いだっていうのもあった」

切ない瞳で、俊介さんが私を抱き寄せる。心臓が跳ねて微動だにできずにいると、俊介さんは私の髪を撫でながら続けた。

「僕が彼と同じような目で真奈美を見てたから、敏感になっていたっていうのもあるんだろうけどね。今日の真奈美、可愛いなって思ったら、今井さんも同じように見てたから」

私の頭上でふっと息を漏《も》らしたかと思うと、俊介さんは私の身体をぎゅっと抱きしめる。まるで独り占めするみたいに。

「そ、そんなこと……だって私、調理するのに集中してたから」

困惑して言うと、俊介さんは笑って私の身体を離した。

「うん、わかってる。そうやって一所懸命にやってるところが可愛いってこと。まあいいや。真奈美の家へ行こうか」

「えっ、あ、はい」

『明日はレッスンで会えるけど、それだけじゃ物足りないな。その後、真奈美の家に寄ってもいい？』

俊介さんがさらっとそう口にしたのは、昨日の別れ際だった。

昨日は彼が簡単な朝食を用意してくれて、それをごちそうになった後、お昼前に帰宅した。何でも、俊介さんには午後から友人と会う予定が入っていたそうだ。

それを聞いて慌てて帰ろうとする私に、俊介さんは「真奈美は寂しいって思わないのか」と拗《す》ねたような口調で言った。「わ、私も俊介さんと同じ気持ちです」と続けた私は、今日彼が家に来ることを快諾したのだった。

おかげで、昨日は午後から大急ぎで部屋中の掃除をした。やり始めると細かな箇所まで気になるもので、結局、夜遅くまでかかってしまい、今日は少々寝不足だ。

「そんなに緊張することないのに。真奈美はいつも通りでいいよ。僕は楽しみにしてるけどね」

　ぎこちない表情を浮かべる私を見て、俊介さんは笑った。


「真奈美、そろそろ起きないとまずいんじゃない？」

　翌朝、布団の中で揺り起こされ、俊介さんが隣にいる事実に一瞬で目が覚めた。ベッドサイドに手を伸ばし、時計を見ると午前七時をすでに回っている。

「あっ、起こしてもらっちゃって、ごめんなさい」

「ううん、おはよう。昨日も遅かったんだし、無理ないよ。それに、昨日はごめん。もう一回……は余計だったかな？」

　俊介さんは爽やかな笑顔とは裏腹に、朝からとんでもないことをさらっと口にした。髪を撫でられ、恥ずかしくて私はすぽっと顔を布団で隠す。小さく笑った俊介さんが布団をめくり、私の唇にキスを落とした。そのまま覆いかぶさって来られそうな気配がしたから、慌てて身体を起こす。

「も、もう起きます……あっ」

　しかし、布団から出るより先に、俊介さんに抱きしめられてしまった。

「二人の時はもっと甘えてくれるかと思ったけど、教室にいる時とあまり変わらないね。それ以上に大人しい、かな?」

「まだ慣れないから、どうしたらいいかわからなくて」

そういえば元カレの時はどうだったっけ、と寝起きの頭で振り返る。同い年だったし、いざという時には頼りになったけど、少し子どもみたいなところのある人だったから……そうだ、どちらかと言えば私がリードするくらいで、それでバランスが取れていた。

俊介さんは大人だ。そう、実年齢はもちろん、精神的にも。それに、驚くくらい私を甘やかしてくれる。今までこんな扱いは親からも受けたことがない。だから、私は戸惑ってしまう。

「でも、甘えたりするのは好きじゃない? ドライな関係がいい?」

「ううん、そんなことないですよ?」

俊介さんの腕の中から顔を見上げて言うと、彼は小さく笑って私の額に口づける。

「じゃあ、もっと真奈美に甘えてほしいんだけど。もっと真奈美からキスしてくれたり、抱きついたりしてくれればいいのに」

「そ、そういうの苦手で。あ、でも俊介さんからされるのは、その……うれしいから……ひゃっ」

私が精一杯の気持ちを伝えると俊介さんはうれしそうに頬を緩《ゆる》め、私と身体をぎゅっと密着させた。

「真奈美が恋愛にここまで不器用だとは思わなかった」

「どうせ仕事しかしてきてないから……、すみません」

「こら、拗《す》ねない。誰も悪いなんて言ってないよ。むしろ、うれしいんだ。僕だけが真奈美の不器用さを独占できる」

「そ、そんなの独占してうれしいんですか？」

「もちろん、うれしいよ」

その言葉に嘘はないというように満面の笑みを浮かべられ、さらに私の戸惑いは大きくなってしまった。

「さあ、そろそろ本当に起きないとね。まだ時間ある？　簡単に朝ごはん作ってもいい？」

「えっ、いいんですか？」

「もちろん。僕の得意分野ですから」

「ふふっ、役得ですね」

「真奈美は本当においしそうに食べてくれるから、僕もうれしいよ」

笑いながら、俊介さんがまた私の唇にキスをする。どうやら、俊介さんはキスするのが好きらしい。

二人で一緒に過ごす時間は瞬《また》く間に過ぎていってしまう。そのどれもが密度がぎゅっと濃く、驚くくらいに楽しかった。

＊＊＊

「真奈美先輩、これのチェックを……あれ、もうお帰りですか？」

木曜日の午後九時半頃、帰り支度をしていると美織が声をかけてきた。

「うん。明日、朝一でチェックするから原稿は預かっておくね」

「真奈美先輩、やっぱり彼氏できました？」

美織が笑いながら真相をつき止めようとしてくる。

「うん、美織に触発されたおかげで」

私もバレバレだったかと笑い、あっさりと頷いた。

「おめでとうございます！　でも、先輩はすごいなあ」

「えっ、どうして？」

「だって最近、帰る時間は早くなったし、この前の日曜も出勤してませんでしたけど、仕事のスピードは全然落ちてないじゃないですか」

「えー、それを言うなら美織だって。前からえらいなあって思ってたよ？　仕事っぷりは相変わらずなのに、家で料理してるんでしょー？　私、そういうのは全然。むしろ、相手にしてもらっちゃってるし」

「えー、彼氏さん料理上手なんですね！　どんな人なんですか？」

こんな風に俊介さんのことを聞かれるのは初めてで、つい照れながら早口で答えた。

「まあ、料理教室の先生だからね」

「へえー、素敵ですね！　あ、写メ見せてくださいよ」

「えっ！　そんなの持ってないよ。付き合い始めたの、本当に最近だし」

「じゃあ、今度ばっちり撮ってきてくださいね。ちなみに、私の彼氏はこの人です！」

そう言って、美織がうれしそうにスマートフォンの画面を見せてくれた。

「わあ、めちゃくちゃかっこ良い！　映画とかに出てきそう」

「フランス人ですからね。一緒に住んでると、だんだん新鮮味がなくなっちゃいますけど」

「いいじゃない、羨《うらや》ましいよ。おっと、そろそろ帰るね。じゃあ、お疲れ様ー！」

「あ、引きとめちゃってすみません。お疲れ様でした！」

まさか美織と彼氏の話で盛り上がれるとは思ってもみなかった。こんな他愛ない会話にいちいち幸福を感じる。どうしよう、怖いくらいに幸せだ。

その日も私は俊介さんと料理教室のすぐそばにある駅で待ち合わせをしていた。俊介さんも夜のレッスンがあったから、約束の時間は俊介さんの仕事帰りに合わせて午後十時。駅に着いて時計を見ると、まだ十五分ほど前だった。

俊介さんはまだ教室にいるかな。気になってふらりとスーパーの前へ。そして、スーパー横のエレベーターに目を向けた。

急に吹いてきた冷たい風にマフラーを巻き直した時、ちょうど俊介さんと松林さんがエレベーターから降りてきた。

すぐに声をかけたい衝動に駆られたけど、松林さんがいるので今は控えた方がいい。とりあえずスーパーに入ろうと思った瞬間——視界に入ってきた光景に、ガツンと頭を殴られたような衝撃を受けた。

——どうして？　何で？

立ち止まる俊介さんに松林さんがそっと寄り添い、そして二人は顔を寄せた。

キス、しているように見える。むしろ、そうとしか思えない。

松林さんの左手はカバンを持ち、右手は俊介さんの肩辺りに添えられている。目に入ったゴミを取ってあげているなんてことはなさそうだ。それにしては、顔の距離が近すぎる。

俊介さんの腕が松林さんに伸ばされた瞬間、私の足はようやく動き出す。そして私はその場から走って立ち去った。

予定変更。

息が切れるのも構わず、人通りの少ない夜道を全力で駆け抜ける。頭の中では先ほどの光景が何度もフラッシュバックされた。それを振り切ろうと、さらに足を速める。身体にまとわりつく風は冷たく、頭がつうんと痛くなった。

帰宅してすぐ、通勤カバンを放り投げコートを脱ぎ捨てると、ベッドにつっ伏す。

「何で？　どうして？」

そう声に出して問うても返ってくる声はもちろんなく、涙が次から次へとあふれ出る。それは頬を伝い、枕を少しずつ濡《ぬ》らしていった。

約束の時間だった十時が過ぎて、俊介さんから電話がかかってきたけど、出る気になれなくて放っておいたら、すぐにメールが届いた。

『仕事、立て込んでる？　先に帰って待ってた方がいい？』

どうして、あの後でそんなに普通に連絡できるんだろう。

悔しくなって、つい平然と返信した。

『今日は帰れそうにありません。キャンセルさせてください』

その文面は、私のメールにしては素っ気なく冷たかった。すぐに返事が返ってきた。

『お疲れ様。あまり無理しないようにね。また』

俊介さんのメールに飾り気がないのはいつものことだけど、それだけの言葉がたまらなく寂しく思えた。

松林さんとはどういう関係なんだろう。

私と会う前に、あんなことをするなんて信じられない。

もしかして私と付き合う前、いや知り合う前からずっと付き合っていたりするんだろうか。私は結局、からかわれて遊ばれただけだったんだろうか。

初めて身体を重ねた日の夜、俊介さんが言ってくれた言葉をゆっくりと反芻《はんすう》する。

『真奈美のことはこれから大切にするって約束する』

『苦手だっていう気持ちも受け止めるよ。僕と一緒に克服していこう。真奈美がちゃんと乗り越えられるまで一緒にいるから。もちろん、その先も』

何一つ、約束を守ってくれなかった。

結局、好きだったのは私の方だけだったのかもしれない。

「私、見る目ないなあ」

その日は散々泣き腫《は》らしてから眠りについた。

翌日も俊介さんから電話があったけど、出なかった。私を心配しているようなメールも届いた。

『今日も忙しいのかな。手が空いたら連絡ください』

だけど、どんな風に返せばいいのかわからなくて結局、返信しなかった。

翌々日にまたメールが届いた。

『そろそろ真奈美の声が聞きたい。会いたいです』

私だって俊介さんに会いたいけど、それより松林さんとの関係をはっきりと肯定されるのが怖い。頭がごちゃごちゃと混乱してしまっていた。

次の月曜日、年末休暇前の忙しさも重なり料理教室を休んだ。欠席の電話にはいつも通り松林さんが出て、俊介さんと話さずに済んだ。

かかってきた電話に出ずメールも返さずにいたら、そのうち、ぱったりと連絡が途絶えた。

その間、私の心に凝《こ》り固まったモヤモヤは少しも晴れることがなかった。思えば、俊介さんは手慣れている感じがする。私への態度や言葉も、ベッドで私を抱く時も。あまり考えたくないけど、女性の扱いなんてお手のものなんだろうか。

それに、私より松林さんの方がずっと女性らしい。付き合いも長いだろうし、あの教室にいつも二人でいるのなら親密になるのも頷ける。

考えれば考えるほど、心のわだかまりはどんどん大きくなっていった。

＊＊＊

今日は今年最後のレッスン日だ。急ぎの仕事もなかったし、キリをつけて午後七時を少し過ぎてからおそるおそると教室に顔を出した。

そろりとドアを開けると、すでに説明を始めている俊介さんの姿が目に飛び込んでくる。その瞬間、胸がぎゅっと苦しくなって泣きたくなった。それは俊介さんを好きという気持ちなのか、憎むような気持ちなのか判然としない。あれから、ずっと気持ちが宙ぶらりんだ。

「遅くなってすみません」

「お疲れ様です。どうぞ」

俊介さんの代わりに松林さんが出迎えてくれた。彼女の微笑に、気持ちが深く沈んでいく。

そろりそろりと調理台に進む途中、俊介さんが私を見て、にこりともせずに一つ会釈《えしゃく》をくれた。ズキッとした痛みを胸に抱えながら、私も丁寧におじぎすると、いつものエプロンをつけて席に着く。

本音は、レッスンを休んでしまいたかった。だけど、おいしい料理を作れるようになりたいというのはまた別問題だし、恋愛がだめになったって自分のことはちゃんとしたい。だから、私はなるべく毅然《きぜん》とした態度でレッスンに臨《のぞ》んだのだった。

今日のテーマはパスタ料理。まずはマカロニサラダの下ごしらえから。マカロニを熱湯で茹《ゆ》でて、ムキエビの背わたを取る。

「ああ、それは竹串でピュッと取るんです」

やけに俊介さんの声が遠いと思ったら案の定、それは私にではなく今井さんに対してのアドバイスだった。

今井さんが指導されているのを見て、私も真似て背わたを取ってみる。いつもなら、そこで「倉本さんもいいですね」なんて声をかけてくれるのに、今日は目が合うこともなかった。

俊介さんは一見、いつも通り先生として接してくれているけど、やっぱりいつもより私の様子を見に来る回数は少なかった。

もしかしたら、私が連絡を返さないことに怒っているのかもしれない。そう思うと心臓がヒヤッとして悲しくなったけど、怒っているのは私だと思い直し、気にしないことに決める。

「熱っ！」

しかし、サラダを完成させてパスタを茹でていた時だった。

やっぱり気にしないと思っていても、それは結局気にしているわけで、上の空だったのかもしれない。茹《ゆ》で終わったパスタをザルに上げようとパスタ鍋をひっくり返したら、勢いがつきすぎて右腕の上にパスタの一部が降ってきた。

「えっ、大丈夫!?」

偶然見ていたらしい今井さんが大きな声で叫んで、教室内が珍しく騒然となる。すぐに俊介さんが駆け寄ってきて、私の腕をグッとつかむなりそのまま水道の蛇口に持っていく。私に触れるのに、何のためらいもなさそうに見えた。

「すぐに冷やせば大丈夫ですから」

赤らんだ右腕に水が勢いよく降り注ぐ。冷たさが心地良いような、ひりひりとしみるような感触がした。そんなことを考えている場合ではないのに、一気に近づいた俊介さんとの距離にばかり意識がいってしまって、痛みはよくわからない。

私の右腕をつかむ手は少し熱くて、私の肘の辺りには彼のエプロンが触れている。そっと視線を上げれば、思った以上に真摯《しんし》な瞳が私を見つめていて、慌てて目を逸《そ》らした。

「どうです？　痛みますか？」

すぐそばで俊介さんの声が聞こえて、心臓が跳ねた。

「よ、よくわからなくて。痛いのかひりひりしてるのか、ただ水が冷たいだけなのか」

「そう。でも、たぶん大丈夫だと思います。……ねえ」

その時、俊介さんが声を潜《ひそ》めて私にだけ聞こえるように続ける。

「何度か連絡したんだけど、どうした？　そんなに忙しかったの？」

「……はい」

ろくに目を合わせず答える私に、俊介さんが怪訝《けげん》な表情を浮かべる。

「もう大丈夫なの？　今日、この後……」

「すみません。……あ、あの、先生。後は自分でできますから！」

「そうですか？　でも……」

俊介さんがまだ何か言おうとした時、優希ちゃんの大きな声が教室中に響き渡った。

「きゃーっ！　何これ、無理！」

優希ちゃんはどうやら、付け合わせのスープに苦戦しているようだった。

俊介さんは少し私を見つめた後、蛇口を再びひねって水を止める。

彼の視線が痛いくらい私につき刺さって、その場から一歩も動けない。

「痕《あと》が残るようなこともないと思います。お大事になさってくださいね」

先生の顔をして私にそう言い残し、俊介さんは優希ちゃんのもとに向かった。

幸いやけどした範囲が狭かったのとすぐに水で冷やしたのとで、大事には至らなかったようだ。赤みも引いたし、少し経ったら痛くも何ともなくなった。後は普通にしていて問題ないみたい。

それより、今の私は胸が痛くてどうにかなりそうだった。

俊介さんと言葉を交わすと、嫌でも思い知らされてしまう。たとえからかわれているだけで彼が本気じゃなかったとしても、やっぱり私は俊介さんが好きなんだって。まだ出会って間もなく、付き合ってから少ししか経ってないのに、もう後戻りできないくらい、私は一人本気になってしまっている。

一見想いが通じ合っていると見せかけて、その実、一方通行の恋なんてつらいだけに決まっているのに。

どうすればいいんだろう。

「真奈美ちゃん、腕、平気？」

その後、カルボナーラを作り終えてマカロニサラダと一緒に食べていると、今井さんが声をかけてきた。

「はい、もう痛いとかヒリヒリしてるとかないですし、たぶん大丈夫だと思います」

「なら、良かった。だけど、心配したよー！」

今井さんが安心したように、カラッとした笑みを浮かべる。

「お騒がせしちゃってすみません」

「いや、いいんだけどさ。じゃあ、今日の約束よろしくね！」

「えっ、約束？」

何やら強気の彼に気圧《けお》されるように顔を上げると、次の瞬間、今井さんが心底悲しそうな目を私に向けてくる。

「あれ、忘れてる？　ほら、一緒にショコラのお店行こうって話したよね」

「あっ、そういえば！　そうでしたね……」

前回の後片付けの時、一方的に約束を取り付けられたことを思い出した。今井さんには申し訳ないけど正直、それどころじゃない。

「まあ、間が空いちゃったからね。じゃあ、今日は付き合ってくれる？」

今井さんが苦笑しながら、私の顔を覗き込んでくる。

「あー、ええと……」

「そんなに構えないでよ。深く考えなくていいから。ほら、男一人でショコラの店なんて行けないんだって。だから、付き合ってくれない？」

今井さんは私が変に身構えないよう、あえて軽く言う。どうしようか逡巡《しゅんじゅん》する私の耳に、ふと松林さんの高めの笑い声が聞こえてきた。

気になって振り向くと、松林さんが俊介さんと談笑しているところだった。

松林さんが親しそうに俊介さんの腕をたたいて笑っている。普段は落ち着いた雰囲気の松林さんが少しはしゃいで、俊介さんもそんな松林さんを優しい目で見守っているように見えた。その姿にモヤッとしたものが込み上げてきて、気づくと私は頷いていた。

「そういう感じなら、行きます」

「うん、良かった。そうと決まれば片付け、さっさと済ませちゃおうか」

今井さんにも手伝ってもらいながら、私はテキパキと片付けた。

「それじゃあ、失礼します！」

その後、今井さんに続いて教室を出ていこうとしたら、パーテーションのそばにいた俊介さんと目が合った。

「お疲れ様でした」と微笑む松林さんの隣で、俊介さんは私を見て何か言いたそうにしている。私はそれに気づかない振りをして、何か声をかけられるより先に「ありがとうございました」と教室のドアを閉めた。

エレベーターに乗ると、今井さんが心配そうに声をかけてきた。

「真奈美ちゃん、大丈夫？」

「何がですか？」

「いや、なんかぼーっとしてたから」

やや深刻そうな顔をして言われ、慌てて取り繕《つくろ》うように笑って見せる。

「えっ、そうですか？　ちょっと仕事のこととか考えてました」

「そっか、仕事はどうなの？　相変わらず忙しい？」

今井さんは私が心ここにあらずの状態になっている原因はまた別にあるのだと薄々感じていたようだけど、聞かないでいてくれた。

「そうですね。でも、料理教室には通いたくて、これでも仕事のスピードは上がったかな」

「さすが、えらいよね。ちゃんと両方頑張ってて」

「それを言うなら、今井さんだってそうなんじゃないですか？」

今井さんは話すのが上手い。彼の明るい人柄のおかげで私は少し気持ちが軽くなっていた。


「いらっしゃいませ」

思った通り、閉店間際のショコラテリアは狙い目だったらしい。空いているとは言いがたいものの、ゆっくりと商品を見て回ることができるし、奥のイートインスペースもいくつか空席が見受けられた。

木目調で深い緑がキーカラーのクラシックな店内。ショーウインドーにはまるで芸術品のような粒チョコレートが、美しくデザインされた木箱に収まっている。

「わあ、可愛い。買っちゃおうかな」

きらびやかなチョコを目にし、沈んでいた気持ちが少し浮上する。

「真奈美ちゃん、買うのは後で。先、こっちだよ」

そんな私を笑顔で手招きし、今井さんは奥にあるイートインスペースに進んでいく。そして店員に「二名です」と伝えてくれた。

案内されたテーブルにつくなり、早速可愛くデザインされたメニュー表を二人で覗き込む。

「わあ、いろんな種類がありますね。今井さん、どれにします？」

エプロンじゃなくダークグレーのスーツ姿は、いつもより今井さんを男らしく見せている。顔立ちも綺麗だけど、滲《にじ》み出る雰囲気も洗練されていてスマートだ。

さっきから、ちらほらと女性の視線を感じる気がする。やっぱり今井さんは人目を引くくらい魅力的なんだろう。

だけど、今の私はそんな今井さんと二人でいてもドキドキしなかった。贅沢《ぜいたく》かもしれないけど、俊介さんじゃないと何も心に響かなくなってしまっている。

「オレはこのケーキとチョコレートのセットにするよ」

今井さんが指差したのは、ケーキ・チョコレート・ドリンクのセットだった。

「わっ、ケーキとチョコ、セットでいっちゃいますか」

「最初だからね、一通り味を見ておきたくて」

料理教室でしっかりパスタを食べた後では、かなりのボリュームだ。それに、帰宅後は入浴してすぐに休むだけ。摂取したカロリーがもれなく身体に蓄積されていってしまう。何より、今ははしゃいでケーキを食べるような気分でもなくて、私はその一つ下にあるチョコレート・ドリンクのセットを指差した。

「じゃあ、私はチョコレートセットにしますね」

今井さんがすぐに店員を呼ぶ。今井さんはおすすめのチョコとケーキにホットコーヒー、私はシンプルなミルクチョコにホットティーを注文した。

もう一度メニュー表に目を落とすと、チョコレートもケーキも種類が多い。どれもクオリティが高そうだった。今度は元気な時に友人と来て、めいっぱい堪能しよう。

一瞬、俊介さんと一緒に来たいなんて思ったけど、それはもう叶えられないかもしれない。そう考えただけで、やっぱり心はドスンと重くなってしまう。

「今井さんがチョコ好きだったなんて意外です」

店員が去っていき、今井さんがお冷やを口にする。私は何とはなしに思ったことを話した。

「特別好きってわけじゃないけど、こういうのも勉強だと思って」

「勉強？」

意外な言葉に、私は首をかしげる。

「オレ、将来的に……って言っても定年後にって考えてるんだけど、自分の店を持ちたいんだ」

「え、そうなんですか」

「別にショコラテリアを開くってわけじゃないけど、カフェも視野に入れてるから、いろんな形態の店を見ておこうと思って」

今井さんはあくまでも自然体で淡々と話す。気負っている様子はまるで見られない。

「すごいなあ、立派な目標があるんですね。しかも、勉強熱心で。今、お仕事は飲食関係なんですか？」

「いや、公務員だよ。市役所に勤めてる」

「へえ、ちょっと意外です」

「ははっ、絶対にそう言われると思った」

まるでその反応を待ってましたとでも言うように、今井さんは苦笑いを浮かべる。

「あ、すみません」

他意はなかったのだけど、失礼だったよね。

「いやいや、謝らないで。慣れてるし、自分でもわかってるから。そのギャップがオレの魅力です」

「そういう感じ、今井さんらしいです。でも、すみません。やっぱり、ちょっと意外でした。お仕事のことよりも、そんな立派な理由があって料理教室に通ってるなんて」

「立派、かなあ。いやー、オレなんてまだまだですよ」

そう言う口調はやっぱり軽くて砕けているのだけど、彼の芯はとても太くてしっかりしていそうだと思った。

「前から思ってたんですけど、どうして基礎コースに？　今井さんなら基礎を学ばなくてもいいんじゃないのって思っちゃって」

「いや、今までまともに料理の勉強ってしたことなかったから。料理は好きでよくやるけど、全部独学でやってきて。やっぱり先生の言うことは勉強になるよ」

「そうだったんですね。いつもレッスンの時に、今井さんの見事な手さばきに見とれてます」

今井さんの言葉で俊介さんの姿が頭に浮かび、それを打ち消すように感想を述べた。

すると、さっきまでにこにことしていた今井さんが不自然に目を逸《そ》らした。

「そ、そうなの？　それこそ、ちょっと意外」

「あれ、もしかして照れてます？」

今井さんの耳が微《かす》かに赤いような気がして、つい微笑んでしまった。

「ちょっと、からかうなよ。真奈美ちゃんにそんなこと言われたら、照れるに決まってんじゃん」

「ふふっ、すみません。でも、いつもいろいろフォローしてくださってありがとうございます。おかげで、少しずつできるようになってきました。まだまだ練習中ですけど」

「頑張ってるよね。家でも復習してるんでしょ？」

「はい。レッスンを休んじゃう時もあるし、みんなについていけなくて」

「オレにしてみたら、真奈美ちゃんの方がよっぽどすごいと思うよ」

「えっ、そんなに褒めてもらえることじゃ……」

「いいや、ちゃんと上達してるし。それって、努力してる証拠！」

「今井さんにそんな風に褒めてもらえるなんて、うれしいです」

「あれ、真奈美さんと今井さん？」

私がはにかんだその時、近くで人影が止まった。

「えっ、優希ちゃん！」

「ああ、どうしたの？　長谷川さんも食べに来たの？」

三人で驚きの声を上げた。

「私はどんなお店か気になってちょっと買いに来ただけなんですけど、二人の姿がちらっと見えたから。やっぱり二人って付き合ってるんですか？」

「えっ」

優希ちゃんの大きな瞳が好奇心に揺れている。私が驚きの声を上げると、すぐに今井さんが返事した。

「そうだったらいいんだけどね、まだオレが頑張ってるところ」

今井さんが照れることもなく笑う。

「へえ、そうなんですか？　二人が上手くいくように応援してますね！　じゃあ私、邪魔しちゃ悪いんで消えます」

「ありがとねー、長谷川さん」

「あっ、またね！」

可愛らしく手を振って、優希ちゃんは店を出ていった。手にはしっかりとチョコの入った紙袋を持って。

「お待たせしました」

優希ちゃんと入れ替わるようにして、店員が注文した品を運んできた。それにつられて視線を戻すと、今井さんと目が合う。

「教室から近いとはいえ、会っちゃうなんてね」

「本当に、そうですね」

「つい正直に頑張ってるなんて答えちゃったけど、なんか恥ずかしいなあ」

そう言う今井さんはさっきとは違って、少し照れが混じっているように見える。

「あの、えっと、さっきのって……冗談ですよね？　この間の言葉も」

私が顔に笑みを張り付けながら尋ねると、ふと今井さんが真顔になって私の瞳を捉《とら》える。

笑って茶化してくれることを期待した。それなのに、今井さんは真面目な表情を微塵《みじん》も崩さないで言う。

「んーと、オレ、女の子と楽しくしゃべったりするのは得意だし、女友達も多い。だから、誤解されたり本気がなかなか通じなかったりすることもあるんだけど、今がそれかな」

「……今井、さん？」

わずかに、胸の鼓動が速まっていく。これは私の予想に反して、もしかして。

「オレ、今付き合ってる人もいないし、だから女友達と遊びに出かけることくらいはあるけど、本当にそれだけだから。適当に遊んだりとか、そういうのは若い頃に卒業したっていうか。うん、昔は遊んでました」

そう白状しながら、ようやく今井さんが笑った。

「でも、今なら彼女ができたら――そうだな、彼女が嫌だって言うんなら、女友達と遊ぶのもやめるよ。大事にしたいと思ってる」

とても真摯《しんし》な瞳を向けられて、私は慌てた。

「あ、あの、私……っ」

「ストップ！」

何て言葉をつなげようか考えつく前に、今井さんが手のひらを私の前に出した。

「今のは告白でも何でもないから、真奈美ちゃんは何にも言わないで。ただ冗談だって思われてたら何も始まらないと思って。とりあえず、今のところはオレの気持ちが本気だってことだけ知ってほしい。うん、それだけ。ごめん、紅茶が冷めちゃうね。食べようか」

ようやくいつもの今井さんに戻ったけれど、私はすっかりうろたえてしまっていた。

男性に好意を伝えられることなんてもう何年もなかったのに、なぜ今、それが立て続けに起こっているのだろう。私の何を気に入ってもらえたのかはわからないけど、その気持ちはうれしくても困る。

胸が苦しい。

だって、どれだけ今井さんに想ってもらったとしても、今は他の人のことを考える余裕がない。俊介さんが私の胸にいるから。

俊介さんはまだ教室にいるだろうか。それとも、もう帰っただろうか。俊介さんのことをぼんやり考えていると、私のスマートフォンが震えているのに気づいた。

「あ、ちょっとすみません」

まだこの時間なら、仕事関係の電話も充分あり得る。今井さんに断って画面をチェックすると、それは俊介さんからの着信だった。

しばらく画面を見つめていたものの、そのまカバンにしまい込んだ。

「あれ、電話じゃないの？　出なくていいの？」

「はい、いいんです。気にしないでください」

不思議そうな今井さんに曖昧《あいまい》に笑っていると、スマートフォンの震えはピタリと止まった。

その後も今井さんは私を楽しませようといろいろ話題を振ってくれたけど、私は申し訳ないことにまったく集中できなかった。

このまま俊介さんからの連絡を無視していても何にもならない。次第に罪悪感が胸の内にわき起こる。そろそろ決着をつけよう。

せっかくの高級チョコレートは、ミルクチョコなのに、なぜかやたらと苦く感じられた。


今井さんとは駅前で別れた。

「送っていこうか？」と言ってくれたけど、丁重に断る。「それじゃあ、連絡先交換しない？」と言われ、番号とアドレスを交換した。彼は「また来週！」と笑顔で改札をくぐり抜けていった。

一人になった私はとぼとぼといつもより遅く歩きながら、俊介さんに何てメールを送ろうか考えた。

帰宅してからだといつまでもうだうだしてしまいそうだ。私はスマートフォンを取り出すと、スーパーの外壁に寄り掛かって文面を作成する。

『今はまだ気持ちの整理がつかなくて、どんな顔をすればいいのかわかりません。少し時間をください』

「これでいいかな」

送信して再び歩き出してすぐ、俊介さんから返信が届いた。

『気持ちの整理って何？　どういうことかな。ごめん、もう待てないよ』

「早っ……」

思わずそう呟いたけど、メールは返さなかった。

今日も見てしまった俊介さんと松林さんのツーショット。それを思い返しては、モヤモヤを胸に募《つの》らせながら家に帰る。

マンションに着くと、いつも通り小さなエレベーターに乗り込む。三階で降りてドアが並ぶ廊下に目をやった途端、見えた人影に心臓がヒヤッとした。向こうも物音に気づいて、顔を上げる。

「おかえり。遅かったね」

まさか部屋の前に俊介さんがいるなんて思ってもみなくて、私はまたエレベーターに飛び乗りたくなってしまった。しかし、驚きのあまり足がすくんで、とっさには動けない。

「さっきのメール、読んでくれた？　ごめん、本当は勝手に来たりしたくなかったんだけど、もう待てないと思ったから」

俊介さんは怒るでもなく、むしろいつも以上に紳士的な態度だ。そんな彼を見て、私も腹をくくらないといけないと覚悟した。

「と、とりあえず上がってください」

そう言う私の声は微《かす》かに震えていた。

「ありがとう。……家に入れてもらえないかと思った」

俊介さんが弱々しい微笑を漏《も》らし、胸がズキッと痛む。たとえどんな状況であっても、やっぱり俊介さんの傷つく表情は見たくない。

部屋に上がってもらい、エアコンをつけてコーヒーを淹《い》れ、私たちはローテーブルを前に並んで座った。部屋が静かすぎて、余計に緊張してしまう。

いろいろと言いたいことや聞きたいことはあるのに、何て言えばいいのかわからずにためらっていると、先に俊介さんが口を開いた。

「単刀直入に聞いていいかな？　メールで言ってた気持ちの整理がつかないっていうのは、どういうこと？」

「それは……何て言ったらいいのか」

さすがに即答できずに口ごもってうつむくと、小さな息をついてから俊介さんが続ける。

「今井さんを好きになったってこと？」

「えっ」

予期せぬ言葉に声を上げると、俊介さんは微笑んではおらず真顔だった。

「ち、違います」

「違うの？　彼とよく会ってるんだろう？　今日も一緒に帰っていった。連絡をくれなくなったのも、だからじゃないの？」

「違います！　今井さんと出かけたのは今日が初めてです。それも、別に俊介さんが思ってるようなのじゃなくて、一人では入りづらい店だからついてきてほしいって言われて」

「それでオーケーしたんだ？　今井さんの気持ちは知ってるんだよね？　真奈美にもその気があったってことじゃないの？」

珍しくきつい口調で俊介さんに責められ、今さらながら軽率な行動だったと悔いた。

しかし、そうさせたのは俊介さんだ。

「俊介さんに私を責める資格、あるんですか？」

「えっ？　何、どういうこと？」

泣きそうになりながら唇を噛みしめると、俊介さんは怪訝《けげん》な表情になった。

「俊介さんは最初から私のこと、からかってただけなんでしょう？」

「どうしてそんな話になるのかな？　僕はちゃんと真奈美のことを……」

「うそ、真剣に付き合ってるのは松林さんなんでしょう？」

「えっ、ちょっと待って。どうしてそこで彼女の名前が出てくるんだ？」

「どうしてって……、自分がよくわかってるんじゃないんですか？　私と会う前に松林さんとあんなこと」

「真奈美に会う前……あっ、もしかして！」

そこでようやく、俊介さんが腑《ふ》に落ちたような顔をした。

「あの日、デートをキャンセルされた日、真奈美はスーパーに来てたの？」

「はい、見てしまいました。だから……」

「あれは違う、誤解だ」

「誤解？　でも、私、見たんだからっ」

「僕が松林さんに強引にキスされたところ？」

「……っ、強引かどうかは知らないけど、そうです」

「だからだったのか、真奈美の態度がよそよそしくなったのは。……ごめん」

俊介さんはバツが悪そうに顔をしかめながら、私に謝った。

「やっぱり、認めるんですね」

「いや、違う。ちゃんと一から説明させてくれないか」

「一からなんて聞きたくない。どうせ、俊介さんは私のこと……」

「いいから聞いてくれ！」

俊介さんが初めて私の前で声を荒らげて、私は思わずビクッと身体をすくませてしまった。

「悪い、大きな声を出して。でも、ちゃんと聞いてほしいんだ」

真剣な瞳が私を射抜く。私は声も出せずにただ頷いた。

「あの日、松林さんに気持ちを告げられた」

「え」

「生徒がみんな帰った後の教室で。当然、僕には真奈美がいるから断ったよ」

「なら、どうして……？」

「松林さんの気持ちは前から薄々気づいてたけど、あんなに思いつめてるとは思ってなくて。ごめん、隙を見せないようにしてたのに、油断してたかもしれない。断って今まで通りでお願いしますって話した後、エレベーターから降りてすぐ……それを真奈美が見たんだろう」

「えっ、強引って……そういうこと？　松林さんから勝手に？」

「うん。だから、僕には真奈美しかいない」

「ほ、本当に？　私の勘違い……？」

声を震わせながら問いかけると、俊介さんはまっすぐに私を見つめ、真摯《しんし》に頷く。

「ああ、そうだよ。僕が好きなのは真奈美だけ。他に目を向けることなんてない」

「なんだ、良かった……」

俊介さんの訴えかけるような声が、このところ沈み込んでいた心をようやく晴れ渡らせていく。今さら涙がこぼれてきて、私は両手で顔を覆った。

「真奈美、不安にさせてたんだね。悪かった」

そんな私の肩を俊介さんが抱き寄せてくれて、私はしゃくり上げながら俊介さんの胸の中で泣いた。

「誤解してごめんなさい……。私、違いますから。今井さんのこと、何とも思ってない……」

胸に顔を埋めながらくぐもった声で言うと、俊介さんが背中をさすってくれる。

「うん、わかったよ」

目元を拭《ぬぐ》うと、ようやく顔を上げて伝える。

「今日、一緒に行ったのだって、俊介さんが松林さんと楽しそうに笑ってるから。悔しくなって、それでつい……そうじゃなかったら行ってなかった」

「真奈美、ごめん……」

つらそうに顔をゆがめ、俊介さんが力の限り私を抱きしめる。私からも俊介さんの身体をぎゅっと抱きしめ返す。彼のぬくもりに安堵して、また涙がこぼれ落ちた。

「真奈美のことを守るって言ったのに、真奈美は恋愛が苦手だって言ってたのに、泣かせてしまったね」

身体を少し離すと、申し訳なさそうに言いながら俊介さんが私の目元を指先で拭《ぬぐ》い、さらにはそっと口づけてくれる。

「私ばっかり好きになって一人で落ち込んで、子どもみたいですみません」

次第に恥ずかしくなってきてそう謝ると、俊介さんは緩《ゆる》く首を左右に振った。

「それは違うよ。僕だって、真奈美と今井さんが一緒にいて何も思わなかったわけじゃない」

「でも、いつだって俊介さんは余裕で何でもないって感じで……」

「余裕？　あんな電話やメールをしても？　今日みたいに待ち伏せしても？」

自嘲《じちょう》するように俊介さんが問う。

「あ……、でも、教室だと……」

「これでも、だいぶ無理して仕事とプライベートを切り分けてるんだけど。真奈美だってそうだよね？　立場は違うけど、教室ではちゃんと生徒として僕に接してくれてる……って、だいたい、僕は上手く切り替えできてなかったんだけどね」

「えっ？」

「本当にちゃんと区別がついていれば、教室でキスなんてすべきじゃないし、レッスン中にプライベートなことを聞くべきじゃない」

「言われてみれば……あれ？　俊介さん、結構好き勝手してますね……ひゃっ」

急に俊介さんの膝の上にのせられ、つい声を上げてしまった。

「そうさせてるのは真奈美だってわかってる？　ねえ、恋愛が苦手だって言ってたけど、それって相手の気持ちを信じるのが怖いってこと？」

ずばり核心を言い当てられ、ドキッとした。

「はい、その通りだと思います……」

「まだ付き合ったばかりだし、無理もないとは思うんだけど……わかった。それじゃあ、もっと僕も気をつけるよ」

「気をつける？」

「ようするに、僕の気持ちを真奈美に信じてもらえばいいわけだ。そのためには……」

言葉を区切って、俊介さんが一瞬だけ唇を重ね合わせた。

「もっと気持ちを伝える。言葉でも態度でも」

「ん……っ！」

再び唇を塞《ふさ》がれる。今度はなかなか離してもらえなくて、息が苦しいなんて思っている間に舌まで滑り込んできた。丁寧に舌を絡め取られ、何度も吸い付くように角度を変えられて、私の息はすぐに上がってしまう。

「好きだよ、真奈美」

甘い囁《ささや》きに胸が強く締めつけられた。私はぼんやりと俊介さんを見つめる。

「真奈美は？」

「……好きです」

まるで催眠術にかかったみたいに、そう答えることしかできなかった。

「じゃあ、ベッドに上がってくれる？」

小さく頷いてベッドの縁《ふち》に腰掛けると、俊介さんが私の肩に手を置いて口づける。そして、私の身体をゆっくりと布団の上に押し倒した。

唇が離れた代わりに、今度はお互いを見つめ合う。

「僕が余裕だって真奈美は言うけど、そんなことない。たぶん僕は独占欲が強い方だと思うよ」

「えっ、そうなんですか？」

「だから、本当のことを言うと、今井さんと話もしてほしくないなんて思ってる。真奈美は、僕の言葉だけ、僕の……」

その時、私のスマートフォンが震えて鈍いバイブ音が室内に響いた。とっさにカバンの方に目を向けてしまった私を見て、俊介さんが悲しそうな顔をする。

「だから、僕の……」

そこで言葉を区切ったかと思うと、顎《あご》に軽く指先を添えられ顔を寄せるままにまた唇を塞がれる。

「僕のキスだけに顔を赤くしてればいい」

「……っ」

俊介さんの涼《すず》やかな声音が耳元をくすぐる。

「他のことに目を向けないで。今だけでも、僕のことだけを見ていてほしい」

「俊介さん……、わかりました。もうメールも電話も気にしない。俊介さんのことだけ」

「真奈美……」

こつんとおでこをぶつけて、ふわっと笑った俊介さんが続ける。

「今日は特に時間をかけて大切に抱くから、信じてほしい。僕の気持ちを……」

優しく微笑んで私の首筋に顔を埋めると、俊介さんはゆっくりとそこに舌を這《は》わせ始めた。

「あっ……」

私も信じたい、俊介さんの気持ちを――

俊介さんへの気持ちで胸をいっぱいにしながら、ただぬくもりを求めて彼の背中にしがみついた。もっと彼の気持ちを、体温を私の全部で感じていたい。

すぐに俊介さんが私のシャツの中に手を入れてきて、大きな手のひらがブラ越しに胸を包み込んだ。

「俊介さんのことだけ」なんて決意する必要もなかった。鎖骨の辺りに幾度となく口づけを落とされて、もうそれだけで私は俊介さんのことしか考えられなくなっていたから。

ふいに、俊介さんが顔を上げて私を見る。私の心臓が跳ねる。彼は、わずかに身体を起こして、再び私の唇を塞《ふさ》ぐ。

「んっ……！」

片方の手は私の胸を下から持ち上げるように触れたまま、もう一方の手で私の頬に触れ、唇を強く押し当てられる。苦しくなって逃れようとするものの許してもらえない。空気を求めて薄く開いた唇から、生温かい舌が入り込んできた。反射的につい引っ込めてしまった舌を引きずり出され、彼は深く舌を絡めてきた。

吐息すら奪われてしまいそうな感覚に、次第に息も上がってきた頃。キスにすっかり気を取られていると、俊介さんの手がわずかにブラをずらし、指先で胸の先端を掠《かす》めるようにして触れた。

「……っ！」

その瞬間、甘い電流が全身を駆け抜けていく。舌もさらに深く絡め取られ、身体からは力がどっと抜けた。思考は完全に蕩《とろ》けきってしまっていた。

「あっ……はぁ」

やっと唇を解放されたと思ったら、俊介さんが至近距離でこちらをじっと見つめてくる。

「普段の真奈美からは想像できないような顔をもっと、僕だけに見せて」

「……あっ」

服に差し込まれたままの手のひらが胸元を大胆に弄《もてあそ》んで、不用意な声が漏《も》れてしまう。まるで俊介さんの言葉に従うみたいに。

「うん、そう。可愛いよ。甘いあなたの顔をもっと見たい」

色っぽくそう囁《ささや》いて、俊介さんは私の身体をわずかに浮かせる。そしてもう片方の手も服の中に持っていき、素早くブラのホックを外してしまった。

「あっ！」

そのまま着ていた服をまくり上げられ、俊介さんの目に私のお腹がさらされる。反射的に両手を胸の上に持っていき服を押さえた。

「焦《じ》らさないで見せて。もう真奈美の全部を見せてもらったんだから、そんなに恥ずかしがらなくてもいいのに」

「でも……」

すでに経験したからと言って、そう簡単に恥ずかしさはなくならない。

緩《ゆる》く首を横に振ると、俊介さんは私に馬乗りになって身体を密着させてくる。その距離の近さに、彼の身体の熱さに、私の鼓動はさらに激しさを増した。

私のサイドの髪をかき上げて耳にかけると、唇を耳にくっつけるような近さで俊介さんが言う。

「さっきの、良くなかった？　もっと可愛がってあげるから。真奈美……」

私の名前を口にしたかと思うと、そのまま耳朶《じだ》を微《かす》かに舐められた。

「ひゃっん……！」

ちろちろと舌先で舐められたかと思うと、次の瞬間、俊介さんの舌は耳の中にまで入ってきて、ゆっくりとそこを蹂躙《じゅうりん》し始める。

「そ、それ、だめっ……！」

耳元から水音が響き渡り、あまりの刺激の強さに悶《もだ》えて仰《の》け反《ぞ》ってしまう。

気づくと、いつの間にか胸元を押さえていたはずの私の両手はどけられていた。俊介さんは私の服とブラをグッと押し上げて、両胸をあらわにさせる。

「や……！　電気消して？」

慌てて隠そうとした手も優しく払い、俊介さんが直に触れてくる。

「見ていたいからだめ。すごく綺麗だから、このままでいいよ」

「そ、そんな……っ」

「恥ずかしがる真奈美もいいね」

私は火照《ほて》った顔を逸《そ》らすことしかできない。俊介さんは、私の胸を両手でゆっくりと揉みしだいた。

「あっ……」

羞恥《しゅうち》に身体まで赤く染めていると、また彼の指先が胸の先端を掠《かす》める。わずかながら声が漏《も》れてしまった。

「ここ、こうされるの好きみたいだね？」

「やっ、あ……」

たまらず反応してしまうと、俊介さんは胸に顔を寄せて今度は先端を口に含んでくる。

「あっ！　やぁ……ん」

舌先で執拗《しつよう》になぶられて、身体の奥がジンと熱く熟《う》れてくる。もう片方の胸も指先でじっくりと愛撫されて、私の身体の熱は簡単に上がってしまう。私は与えられる快楽にぎゅっと目を閉じるだけで精一杯だった。

そんな私をおもむろに起き上がらせ、俊介さんは私の首と腕から着ていた服を抜き取ってしまった。

「やっ……、俊介さん？」

「そんな不安そうな顔をしないで。それより、そろそろこっち見て」

私の顔を正面に向かせると、俊介さんは再び唇を重ねてきて、それと同時に私の足に手を伸ばしてきた。

「んっ！」

「こっちも……」

「ちょ、ちょっと待って！」

私の穿《は》いていたズボンを脱がしにかかる俊介さんを制し、私は身体を起こした。

「……真奈美？」

「ねえ、お願い。俊介さんも脱いで？　私だけ恥ずかしいから……」

そう言いながら、俊介さんの着ていた深緑のセーターに手をかける。

「それもそうだね。じゃあ、はい」

私の言葉に笑って、俊介さんは私が脱がしやすいように両手を上げてくれた。そのま
ま、セーターだけでなく、上半身に身につけていたものをすべて引き抜く。

途端に俊介さんの引き締まった肉体が現れ、思わず顔を背《そむ》けてしまった。

「あれ、どうしたの？　脱がしたのは真奈美だけど？」

悪戯《いたずら》っぽく笑いながら、俊介さんは私の顔を覗き込んでくる。

「も、もう頑張ったから。意地悪言わないでください……」

「だめ。もう少し頑張ってみようか」

「えっ？」

予想外の言葉に俊介さんを見つめると、彼も同じようにじっと私を見つめ返した後で、自分のズボンのボタンとファスナーに手をかけた。

「舐めてくれる？」

私にそう尋ねながら、俊介さんは下着とズボンをさっと一緒に脱ぎ捨てる。

「あっ、えっと……」

顔をこれ以上ないというほど火照《ほて》らせながら困惑する私の前で、俊介さん自身はすでに大きく反り返っていた。

「もし嫌でなければ」

戸惑う私に、俊介さんが小さな声で付け加える。そう言われてしまうと、嫌ではないし、何だか断れなくなってしまう。

「う、上手くできないかもしれないけど」

おそるおそる手を伸ばして、俊介さん自身に触れてみた。熱く脈打っているのがわかる。身をかがめてその先端に口づける私の髪を、俊介さんがそっと撫でる。

「いいよ。真奈美に触ってもらえるだけで嬉しいから……っ」

手で緩《ゆる》やかに触れながら先端をそっと舌で舐めると、俊介さんが微《かす》かに声を震わせた。

「んっ……」

俊介さんにも気持ち良くなってもらいたくて、先端を舌先で舐め、根元から手でそっと扱《しご》いていく。次に唇をくびれに持っていき、そこを執拗《しつよう》に舐める。視線を上げると、俊介さんの顔がゆがむのがわかった。

私は舌の動きをわずかに速め、やがて先端をくわえて吸うように唇をすぼめた。

夢中で口と手を動かしていると、いつの間にか伸びてきていた俊介さんの手が私の内ももを撫でさすった。

「……あっ！」

それは時折、焦《じ》らすように蛇行《だこう》しながらも徐々に上がってきて、ついに私の秘所をズボン越しに捉《とら》える。

「んっ、んん……！」

そのまままこすり上げるように指先で刺激され、おのずと私の腰は浮いてしまった。

「真奈美、ちゃんと触りたいから、穿《は》いてるの全部脱いで」

「え、あ……でも」

「ほら、真奈美にも良くなってほしいから。……ね、早く」

「……っ、はい」

俊介さんの瞳にとらわれてしまうと、私はつい逆らえなくなる。小さく頷き、震えるような手つきでウエストの辺りに手をかけた。

俊介さんの視線が注がれているのを感じ、顔に熱が集まる。どうにか思い切って腰を浮かせ、そのまま一緒に脱いだ。

「よくできました」

「ひゃっ……！」

一糸まとわぬ姿になった私を、俊介さんが抱き寄せる。ベッドの上に座ったままお互いの身体を抱きしめ合っていると、今度は俊介さんの指先が直接私の秘所を撫で始めた。

「あぁっ！」

「だめ、逃さないよ」

とっさに身体を引こうとする私。だけど俊介さんは微笑みながらもう片方の腕で半ば押さえ込み、なおも秘所への愛撫を続ける。

「あぁっ、あぁん……」

与えられる刺激にはしたない声が出て、目が眩《くら》むような甘い感覚に息が上がる。次第に身体から力が抜けていき、私は俊介さんにもたれかかってしまった。

「そろそろいい？　もう待てなくなってきたんだけど」

　俊介さんの吐息混じりの声にただ頷くと、彼は私を横たわらせて手早く準備する。すぐに両足を持ち上げられるけど、この瞬間はどうしても恥ずかしい。そんな私の気持ちを知ってか知らずか、俊介さんは私と目を合わせて微笑んだ。直後、私の中に俊介さん自身がゆっくりと押し入ってくる。

「あぁ……っ」

　その確かな存在感に身体がこわばりそうになるけど、俊介さんと初めて結ばれた時よりはだいぶ彼自身が馴染《なじ》んできているようにも感じられた。

「もう入った……真奈美、ちょっとは慣れてきた？」

「うん、そうみたい……です。んぁっ……ああ」

　俊介さん自身のこすれる刺激がダイレクトに伝わってきて、その度に声が漏《も》れてしまう。

「ちょっとずつ動くよ」

　そっと腰を動かしながら、俊介さんの片手は、私の胸の飾りをこねるように触る。

「あぁん……っ」

　刺激が繰り返される度に快感が増して、つい切ない表情で俊介さんを見上げてしまう。

「真奈美、愛してる」

お互いの気持ちを伝え合い、濃厚な口づけを交わす。その瞬間、気持ちも身体も俊介さんでいっぱいに満たされる。

「私も……好き」

とてつもなく幸福な心地に、自然と笑みがこぼれた。

「ずっとこうしてたい」

そう漏《も》らしながら、俊介さんが私をぎゅうっと両腕で抱きしめてくる。

「……私だって」

私も同じように抱きしめ返すと、口づけと律動が再開される。

「んんっ、んぁ……っ！」

俊介さんが私の奥を深くつき上げ、二人ともあっという間に高みへと追いつめられていく。

「しゅ、すけ、さん……っ」

「ん、何っ？」

俊介さんの瞳をまっすぐに見つめ、必死に言葉を紡《つむ》いでいく。

「俊介、さんのこと……、信じますから。やっぱり、私……俊介さんが好き」

「真奈美……っ！」

「ん、んぅ……！」

すぐにまた唇を塞《ふさ》がれて、先ほどよりも一段と激しく俊介さんがつき上げてくる。

「愛してるよっ、真奈美のこと……とっても…っ！」

じきに限界が訪れ、私たちは気持ちを確かめ合いながら同時に果てた。


「これで僕の気持ち、少しは伝わった？」

「はい……」

一糸まとわぬ姿のままで寄り添っていると、微笑んだ俊介さんが私の髪を撫でる。

「僕も真奈美の気持ちを信じてる。だから……」

やがて、何かを決意したように、俊介さんは表情を真剣なものに変える。私の肩に手を添えて、至近距離で私の瞳を覗き込んだ。

「倉本真奈美さん、僕との結婚を真剣に考えてくれませんか？」

「えっ！」

突然の「結婚」という二文字に、私は大きく息を呑んだ。

「今すぐというのは現実的じゃないかもしれない。だけど、ごく近い将来、そうなりたいと思ってる」

「でも、まだ付き合い始めたばかりだし」

「今回みたいに、お互いに誤解し合ってしまうのは不毛だと思わない？　真奈美を愛してるからこそ、早く僕のものにしてしまいたいんだ。言ったよね、僕は独占欲が強いって」

熱っぽい俊介さんの声音に、頭がくらくらしてきそうだった。

「そんなに私のことを、気に入ってくれたんですか？」

私だって彼との結婚を夢見てしまうほどに、俊介さんのことが好きだ。だけど、私たちは簡単に将来の約束をするような中高生じゃない。もう立派な大人で、結婚は夢ではなく現実的な話。それに伴う様々なイベントを片付けていかなければいけないことも知っている。

「僕もそれなりの歳だし、真奈美に気持ちを告げる前から考えてた。だから、僕としてはとても自然な気持ちなんだ。僕と婚約してもらえませんか？」

まっすぐに見つめられ、私も覚悟を決めて頷いた。

そう、真剣に結婚に向き合う覚悟を。

「少し時間をください。俊介さんを好きだからこそ、よく考えたいです。結婚のこと」

「わかったよ。僕の気持ち、聞いてくれてありがとう。返事を待ってる」

俊介さんは儚《はかな》い微笑を浮かべながら私に口づけた。

何度も、優しく愛情を注ぐように。

＊　＊　＊

年末年始は実家に帰省していたこともあって、俊介さんとは電話とメールで連絡を取っていた。

その間、一人でじっくりと結婚について考えようと思っていたのに、年が明けてレッスンが始まっても、まだ何も結論は出ていなかった。

俊介さんからは何も言ってこず、私が答えを出すのを待っていてくれているようだった。


年が明けて――ある金曜日、今日は月二回のアイラデザインとの打ち合わせだ。レイアウトをいろいろと動かしながら話し合うため、いつも私と美織がアイラデザインの事務所に出向いている。

「いつもありがとうございます。今日も寒いですねー」

アイラデザインの担当は、新婚のイケメン細見さん。

「何言ってるんですか。毎日、奥さんとラブラブで暑いくらいなんでしょー？」

美織が茶々を入れると、細見さんは弱ったように頭をかく。

「もう、よしてくださいよ。社内でも外でもそんなことばっかり言われて」

「奥さんが羨《うらや》ましいです」

「ほんとほんと！」

私も便乗してみたものの、笑顔で頷く美織の隣で、心ここにあらずだった。

あれからずっと、俊介さんの言葉が頭の中をぐるぐると回っている。

『倉本真奈美さん、僕との結婚を真剣に考えてくれませんか？』

きっぱりと真正面から告げられた、俊介さんの気持ちはもちろんうれしい。衝動のままに動いていいなら今すぐオッケーしたい。

けれど、願望はあっても結婚なんてまだまだ先だと思っていた。まさに突然降って湧いたような話で、そんな大事なことをすぐに決めてしまっていいのかという戸惑いが大きい。まださほど俊介さんとの絆《きずな》を築き上げられていないから、なおさら。

「……さん、倉本さん？」

「あ、はい！　すみません」

気づくと、細見さんと美織が私の顔を覗き込んでいた。

「どうしたんですか？　ぼーっとしちゃって、真奈美先輩らしくないですよ。……あっ、わかった！　細見さんに見とれてたんでしょー？　だめですよ、新婚さんなのに」

「はは……、そうよね。すみません、打ち合わせ再開してください」

「やっぱり今日の真奈美先輩、おかしくありません？」

アイラデザインの事務所を後にしてオフィスに戻る道中、またぼんやりしてしまっていた私を見て美織がそう切り出した。

時刻は午後三時半を過ぎたところ。冬の夕暮れの訪れはやっぱり早い。空気は冷たく、太陽も雲の合間から微《かす》かに覗いているだけ。すでに夕方の気配が顔を出し始めていた。

「いや、今日っていうか、最近かな。何かありました？」

どこか抜けているように見えても、美織は意外と鋭い。

「別に何も？　そういう美織こそ、今日元気ないでしょ？　フランス人の彼とケンカでもした？」

「えっ？　やだ、バレてました？　さすが真奈美先輩ですね」

でも、私も気づいていた。美織の小さなため息が、今日はやけに多いことを。

「やっぱり国際恋愛の壁って分厚いなあと思って。最近、ケンカすることが多いんですよね」

そう言って、美織は再びため息をつく。

「言葉もそうだけど、生活習慣とかかなり違いそうだもんね」

「そうなんですよ。でも、好きだからしょうがないですよね。あの時、頑張って良かったと思ってるから、このまま一緒に暮らしていきたいです」

「あの時って？」

私が聞くと、美織は少し恥ずかしそうに肩をすくめてからおずおずと口を開いた。

「最初、私の片想いだったんです。なかなか相手にされなくて。でも、彼がもうすぐフランスに帰国するかもしれないって噂まで流れ出して。それで勇気を出して、気持ちを伝えたんです。そうしたら、相手にされてないって感じてたのは私だけだったみたいで。向こうも気にはかけてくれてたみたいなんですけど、どう接すればいいかわからなかったって」

「へえ、そうだったんだ！　さすが美織だね。そういう時に動けるってすごいことだと思うよ」

「ほら、失ってから大切なものに気づくとかよく言うじゃないですか。私、絶対にそれは嫌だったんですよね。ちゃんと、相手に手が届く時に大切だって実感したいっていうか」

頷きながら、美織の言葉が私の胸の奥をえぐっていくのを感じていた。

「私も臆病になりすぎて、手遅れにはなりたくないな」

気づけば、私の口からはそんな言葉が漏《も》れていた。

「……？　よくわからないけど、それこそ真奈美先輩の本領発揮ですよ！」

「えっ、そう？」

「ここぞという時に動けるの、真奈美先輩の最大の武器だと思ってましたけど？」

「仕事、ではね……」

美織に言われて思い返すと、仕事上でなら思い当たる節《ふし》はいくつかあった。無理だと思われていたクライアント先に直接出向いて新規の案件を手に入れたこともあれば、迷わず動いたからこそミスを防げたこともある。

しかし、プライベートでは一つもヒットしない。

「この際、恋愛でもドーンといっちゃってくださいよ！」

「そうだね……って、あれ？　私、美織に何で悩んでるか話したっけ？」

私が目を丸くするそばで、美織は意味ありげに笑った。

「聞かなくてもわかりますよ。だって真奈美先輩、最近また仕事の鬼と化してるじゃないですか」

「お、鬼？」

「深夜残業に土日出勤してるって、いろんな人から聞きましたよ」

「そうなんだ……」

俊介さんに会いたい気持ちはあるものの、プロポーズされて以来、二人きりでは会っていなかった。その分、おのずと仕事の比率は増える。

「だから、彼氏とケンカでもしたんでしょ？　ちゃんと自分の素直な気持ちを伝えれば、きっと彼氏さんとも上手くいきますよ！」

　ケンカではないけれど、だいたい言い当てられてしまっている。

「やっぱり、美織って鋭いね。うん、わかった。私、ドーンといってみる」

「応援してます、真奈美先輩！」

　美織の言葉が心に沁《し》み渡る。私にとって俊介さんは大切な人だと、もうとっくに気づいている。それなら、みすみす逃していいわけがない。

　正直、まだ怖くて不安な気持ちもたくさんある。だけど、それでもこの先ずっと俊介さんと一緒にいたい。その気持ちを素直に伝えた上で、俊介さんが私を受け入れてくれるなら、俊介さんとの結婚に向けて動き始めたい。

　美織と一緒にオフィスに戻ってすぐ、珍しく私だけが部長に小さく手招きされた。部長の後についていて、使われていない会議室に入っていく。

「失礼します。何でしょう？」

「仕事、頑張ってるみたいだね」

「あ、ありがとうございます」

　開口一番、まさかお褒めの言葉をいただけるなんて思わなくて、うれしさを感じると共に恐縮してしまう。

しかし、どうして呼ばれたのだろう。皆目見当《かいもく》もつかない。

「それで倉本さん、このまま仕事の幅を広げてみる気はないか？」

「……とおっしゃいますと？」

「うちの元請会社のトップマーケティングが今度、就職・転職に関する書籍を出版することになったそうだ。そこで、倉本さんに打診がきてるんだよ。執筆者の一人として参加しないかって」

「えっ、トップマーケティング社が私に？」

真面目な顔つきだった部長はわずかに表情を崩した。

「ああ、滅多にない話だと思うよ。君は長年求人のフリーペーパーで経験を積んできてるから、今までの実績が認められたというわけだ」

部長がしっかりと頷くのを見て、今度は私が頬を緩《ゆる》めた。達成感にも似た気持ちが胸に吹き込んでくる。

「うれしい、すごくありがたいです。私、この業界に入ってからいつか書籍に関する仕事ができたらって密かに思ってました」

「おう、そうだったのか。ならば、ちょうど良かったんじゃないのか？」

さらに小さく笑って、部長は私に詳細を教えてくれた。

「発行は今年の暮れを予定しているそうだ。取材と執筆の時間もそれなりに取ってあるらしい。当分は今まで通り、フリーペーパーをこなしながら、その合間に取材をしてもらえばいいと思う。必要なら、しばらくはそちらを優先してくれてもいいから。どうだ？」

「はい、ぜひよろしくお願いします。頑張ります！」

私は笑みを浮かべて、前向きにそう返事したのだった。


プロポーズを受けようと決意し、書籍の仕事も舞い込んできて、私の人生は上向きに回り始めたようだった。

気づけば昨年の十一月から通い始めた料理教室も、今月末で最終回を迎える。

その日の夜、いつものように俊介さんに電話をかけた。

「俊介さん、この間のお返事をしたいんですけど、明日会えますか？」

緊張しながらそう切り出すと、俊介さんは「あー」と残念そうな声を漏《も》らした。

「ごめん。返事は聞きたいんだけど、明日は夜、先約があるんだ」

昼・夜とレッスンがあって、その後にも人と会う約束をしているという。

「そうですか、タイミングが悪かったですね。じゃあ、あさっては？」

「うん、あさってにしてくれるとうれしい。お昼、一緒に食べようか」

「はい、そうしましょう。どこか、おいしいお店あります？」

私の言葉に、俊介さんは自分のマンション近くにあるカフェを挙げてくれた。小さいながらも雰囲気のあるお店で、オープンサンドが名物らしい。あさっての日曜、正午に待ち合わせようと約束した。

久しぶりに俊介さんに会える喜びと、プロポーズの返事をする緊張とが心の中でない混ぜになっている。俊介さんの顔が早く見たくて、私は今から何を着て行こうかそわそわと考えていた。


しかし翌日土曜の夜遅く、俊介さんから電話がかかってきた。

「真奈美、本当にごめん。明日の約束なんだけど、キャンセルさせてもらえないかな？」

「どうしたんですか？」

「この間の返事を聞くことになっていたし、本当はキャンセルしていいはずがないんだけど。ちょっと都合が悪くなって、どうしても明日は無理になってしまったんだ」

「そうですか、わかりました。それじゃあ、月曜のレッスンが終わった後は大丈夫ですか？」

「うん、そうだね。あさって、レッスンの後に会おう。本当にごめん」

俊介さんは申し訳なさそうに何度も謝ってから、電話を切った。楽しみにしていた私は期待がすーっとしぼんでいくのを感じた。

ぽっと空いてしまった日曜日は結局、いつものように休日出勤して埋めた。

翌月曜日はトップマーケティング社に出向き、書籍の担当者に挨拶して概要を聞いてきた。

本格的にプロジェクトが始まるのはまだ先だけど、俄然《がぜん》モチベーションが上がってくる。今から通常業務と並行して、取材先のリストアップをしていこう。

仕事はやる気がみなぎっているし、俊介さんとのこともこれからを考えれば自然と胸が弾む。私はとても満ち足りた気持ちで料理教室へと向かった。

「こんばんは。遅くなりました」

少し仕事が長引いたので、遅刻してしまった。

「こんばんは。お疲れ様です」

すでに説明している俊介さんの代わりに、また松林さんが出迎えてくれる。胸が痛んで不安になったけど、俊介さんを信じようと思い直し、今日は彼女に笑顔で会釈《えしゃく》できた。

俊介さんの方を見ると、彼はなぜか無表情で私に笑ってはくれなかった。どうしたんだろう。この後にはプロポーズの返事もしないといけないし、そんな些細《ささい》な態度がいちいち気になってしまう。

今日のテーマは鶏肉だ。どうにか手順の説明は聞き逃さずに済んだので、遅れることなくから揚げと肉団子、ササミのサラダを完成させる。

揚げ加減もちょうど良いし、味もおいしい。試食していると、ふと目が合った今井さんが声をかけてきた。

「真奈美ちゃん、今日は機嫌が良さそうだね」

「えっ、そうですか？　あ、上手く作れたからかな」

あのショコラテリアでの一件以来、今井さんに接するのは少し戸惑ってしまう。

失礼にならないよう今まで通りを装《よそお》っているつもりだけど、内心ではつい腰が引ける。

教室には、俊介さんの目があるからなおさら。

「うん、それもあるかもだけど。でも真奈美ちゃん、ここに来た時からずっとうれしそうにしてたよ。何か良いことでもあった？」

「あ、仕事でちょっと」

苦笑しながら答えた。

喜んでいたのは確かだけど、態度に出てしまっているなんて恥ずかしい。

「へえ、それ聞きたいな。教えてくれない？」

「今までフリーペーパーの記事を作成してたんですけど、今度、書籍の執筆をさせてもらえることになって」

「へえ、本？　すごいね、真奈美ちゃん！」

「えっ、真奈美さん。本を出すんですか？」

今井さんの声のボリュームが大きかったからだろう。それぞれに割り振られた調理台で試食しているため一定の距離があるものの、優希ちゃんが話に入ってきた。

「さすが倉本さん。やっぱり、仕事ができる女ね」

橋本さんも何やら感心したように頷いている。

「そ、そんなこと！　それに、私個人が出版するんじゃなくて、あくまで一執筆者として関わらせてもらうだけなので」

何か勘違いされていると思い慌ててそう説明したのだけど、それでもみんなの態度は変わらなかった。

「いや、それすごいって。どんな本なの？」

今井さんが目を輝かせながら、身を乗り出して尋ねてくる。

「就職や転職に関する本なんです。今までずっと求人情報を取り扱ってきたんですけど、書籍の仕事をできたらいいなって前から思っていて」

「やっぱり真奈美さん、かっこ良いなあ。一冊の本が出るまでって、結構時間がかかるものなんですか？」

優希ちゃんからも質問が飛んできた。

「うーん、ケースバイケースだと思うけど、出版は今年の暮れらしいから、春から秋くらいまで関わってるかなあ」

「それじゃあ、今年いっぱい仕事が忙しそうね。本出たら買うわよ、応援してる」

「橋本さん、ありがとうございます。仕事、今まで以上に頑張ろうと思ってます」

私が笑ってそう答えた後、パーテーションから顔を出した俊介さんと目が合った。

「倉本さん、話聞きましたよ。おめでとうございます。良かったですね」

「あ、ありがとうございます」

俊介さんにまでみんなの前でお祝いの言葉をかけられて、私は妙に照れくさくなってしまった。

しかしその直後、ふと彼の表情が心なしか沈んだように見えたのは気のせいだっただろうか。それが少し心に引っかかる。

レッスンが終わってちょうど後片付けを終えた頃、今井さんにまた声をかけられてしまった。

「真奈美ちゃん、今日ってこの後、時間ある？　ちょっとお茶して帰らない？」

弱った。何て断ろう。

「ごめんなさい。今日は急ぎの用があって」

「あー、そっか。残念だな。じゃあ、今度にしよっか。またメールするよ」

私に笑って手を振りながら、今井さんは帰っていった。

俊介さんに相談して、今井さんには本当のことを話そう。今井さんの気持ちを知っていて、こんなことを繰り返すのは失礼だ。

その後、橋本さんと優希ちゃんも帰っていき、松林さんもドア付近で小さく頭を下げた。

「それでは、お先に失礼します」

目が合ったその一瞬、松林さんがわずかに表情をゆがめたように見えなくもなかった。まあ睨《にら》まれるのも当然かもしれない。松林さんには居残りレッスンだとかそんな風に俊介さんは説明しただろうけど、それでも彼女にしてみれば気分の良いものではないだろうから。

けれども、教室に俊介さんと二人きりになって、もう余計なことは考えられなくなった。今から俊介さんに返事を伝える。そう思うと、身体はすっかりこわばって、口の中もパサパサに乾いてしまっていた。

「あの……場所、移動します？」

私がそう提案した時、先に俊介さんが話を切り出した。

「倉本さん、謝らなければならないことがあります」

「……えっ？」

俊介さんの表情はなぜか固かった。

それに、呼び方がレッスンの時と同じ「倉本さん」のまま。

「この間の話なんだけど、申し訳ない。なかったことにしてほしい」

「えっ、この間って……？」

いきなり頭を下げられて私は面食らった。

「僕との結婚を真剣に考えてほしいと話した件です」

「……っ、どうして？」

すうっと気が遠くなっていくようだった。思いがけない俊介さんの言葉に血の気も引いていき、全身が激しく脈を打ち始める。

「少し事情が変わってしまって」

「じ、事情って？」

「勝手なことを言って本当に申し訳ないんだけど、僕の個人的なことで」

「何があったんですか？　気持ちが変わったっていうこと？」

私の質問にも俊介さんは口をつぐむばかりで何も答えない。

「じゃあ、結婚の話がなしになったということは、お付き合いは……？」

「そうだね。将来のことを考えられずに付き合うだなんてあなたにも失礼だし、できれば距離を置きたい」

　はっきりとそう言われ、頭の中が真っ白になる。ひやりと胸の奥が凍って、ぐっと奥歯を噛みしめながら私はうつむいた。強い意志を宿らせた俊介さんの瞳に見つめられているのを感じ、私は何て言えばいいのかわからなくなる。

「真奈美……、ごめん」

　俊介さんの口からは申し訳なさそうな声が漏《も》れ、大きな手のひらがそっと私の髪の方に伸びた。

「……っ、もう気持ちがないのなら優しくしないで」

　ほとんど反射的に発してしまった私の声にはっとしたように、俊介さんが手を引っ込める。自ら拒絶したことなのに、彼の手が自分に触れなかったことに、また悲しくなった。泣きそうになるのをぐっとこらえて、無理やり笑って顔を上げる。

「わかりました。今までありがとうございました……っ」

　そう告げながらも涙が流れて、慌てて背を向けた。

「真奈美……」

　背後から聞こえてくる俊介さんの思いつめたような声にも振り向かず、私はそのまま教室を飛び出した。

　私はやっぱり甘えるのが苦手だって、痛感させられてしまう。

「嫌です、離れたくない」と言ってしがみつければ、どんなに良かっただろう。どうして、聞き分けの良い振りなんてしてしまうんだろう。平気な顔をしてつい突っ張ってしまう。

いつだったか、俊介さんに言われたことがある。

「確か、弟さんがいるんだよね？」

「はい、四つ下の弟が一人」

「やっぱり、真奈美は長女気質だね」

別に弟を猫可愛がりした覚えもないし、何かお世話をしたということもない。だけど、どこか他人から一歩引いてしまう癖があるのだ。よく言えば、相手の気持ちを尊重する。悪く言えば、自分で全部背負い込みすぎる。もっとも、仕事ではそれは長所だけれど。

恋愛なんていう個人的なことは、苦手らしい。

俊介さんは追って来てはくれなかった。

エレベーターを降りた後、私は足を止めることなく、ただ家へと向かって歩く。その間に涙が止まらなくなってしまって、拭《ぬぐ》うことすら億劫《おっくう》に思えて、夜道なのをいいことにぐちゃぐちゃの顔を放っておいた。

だけど、夜とはいえ、駅前はやっぱり明るい。早く住宅街に入ってしまえばいい。そう思い私が足を速めた、その時。

「真奈美ちゃん！」

聞き覚えのある声が私を呼んだ。まずいと思った時には、その人は私の目の前まで走ってきてしまった。

「真奈美ちゃ……って、どうした？」

明るい声のトーンが一気に低くなって、今井さんは今まで見たことのない険しい表情を浮かべる。

「あ、いや、何でもないんで……すみません」

申し訳ないけど、今は愛想笑いさえ浮かべられない。そのままうつむきながら去ろうとしたのに、ふいに後ろから今井さんの腕が私の身体に回される。

「何にもないって顔じゃないよ。オレじゃだめ？　オレに話してくれない？」

心配そうな声音を向けられ、そのまま後ろから今井さんに抱きしめられてしまった。

「オレ、真奈美ちゃんにそんな顔してほしくない。……ねえ、平岡先生と何かあった？」

「……えっ」

「そうなんでしょ？」

もう一度確かめるように、今井さんが耳元で繰り返す。

「二人がそういう関係なんだろうなっていうのは、何となくわかってた。ほら、一緒にショコラテリア行った時にかかってきた電話も、平岡先生でしょ？　今日だって、急ぎの用って言ってたけど、本当は残って先生と話してた。違う？」

「違、わないです。今井さん、すごいですね……」

「すごくなんかないよ。ただ真奈美ちゃんのことを見てただけ」

苦笑いを浮かべる今井さんに、私はぽつりと呟く。

「そっか……、私、振られちゃいました」

「えっ、平岡先生に？」

「はい。だから、ごめんなさい。今は今井さんと話す元気もな……」

私の言葉の途中で、また今井さんが腕に力を込める。しかし、今の私にはそれを振り払う気力もない。

「ねえ、オレじゃだめかな？　オレは真奈美ちゃんが好きだよ」

「……っ」

今井さんは腕をほどくと私の身体を反転させて、私たちは向き合う形になった。

顔を上げれば、私をじっと見つめている今井さんの瞳。涙が一瞬、止まった。

「泣かないで。ねえ、オレにしなよ。今は気持ちがどっちつかずでも……いや、平岡先生に向いててもいいから。これから、オレのことを好きにさせてみせる」

その声音はどこまでも澄んでいて、瞳は力強く私を見つめている。

「最近はずっと真奈美ちゃんのことばかり考えてる。そんな自分が少し情けないくらいだけど、これが本当の気持ちだからしょうがないよ。真奈美ちゃんのこと、幸せにしてあげたい。そしたら、オレもきっと幸せだから」

ぶつけられた本気の気持ち。どこまでもまっすぐな想いに、一瞬心が揺れた。

この人は素直な心でずっと私を好きでいてくれるかもしれない。そんな彼の想いに触れていれば、彼のぬくもりを愛おしく思う日が近い将来、やって来るかもしれない。俊介さんへの想いが報《むく》われないのなら、今井さんとの恋を始める選択肢だってある。

「真奈美ちゃん……」

切なそうな響きで私の名前を呼ぶと、今井さんは再び私を勢い良く抱きしめた。今井さんの腕にすっぽりと包み込まれる。

わずかに身体を離すと、私の視界に、驚いたように目を見張る通行人がぼんやりと映った。もしかして、さっきから私たちは相当目立っているんじゃないだろうか。しかし、今井さんはそんなことまったく気にしていないようだった。私にも、それを気にする余裕はなかった。

「好きなんだ、真奈美ちゃんが大好きでしょうがないんだ」

一層力強く抱きしめられて、彼が私の一番愛しく思える人ならどんなにいいだろうかと考えた。

しかし、こんなにも熱く想ってくれている今井さんの気持ちに触れて、皮肉にも私は自分の中にある確かな想いに、改めて気づかされてしまった。

私だってそうだ。もうこの想いが叶わないのだとしても、好き。俊介さんを今さら振り向かせる自信なんてない。それでも、好き。俊介さんが好きで仕方ない。

そう自覚した上で、ふらふらと今井さんに流れるようなことはできない。彼のまっすぐな愛情を注がれても、私は今井さんに心惹《ひ》かれないだろう。私の心の中には別の人がいるのだから。こんな状態じゃ、これほど私を想ってくれている今井さんに対して、失礼でしかない。

「今井さん、ごめんなさい。やっぱり失礼なこと、私にはできません……。私、今井さんの言うように平岡先生が好きなんです。だから、本当にごめんなさい」

今井さんから身体を離すと、私は深く頭を下げた。頬を流れ落ちる涙を拭《ぬぐ》うこともせずに。

今井さんは少しの間黙り込んでから、小さく息をついた。

「そっか、わかった。そうだよね。真奈美ちゃんなら、そう言うってわかってたはずなのに。ごめんね、困らせちゃって」

とても悲しそうに笑ってから、すぐに今井さんはいつもの笑顔を私に向けてくれる。

「オレ、真奈美ちゃんのそういうところが好きなんだろうな。ありがとう。気持ち聞いてくれて。オレ、もう行くよ」

――今井さん、ごめんなさい。

そんな申し訳ない気持ちも相まって、一人になるとますます涙があふれ出す。

気づけば、行き交う人たちがちらちらと私を見ていた。その視線から逃げるように、私は足早にまた歩き出した。

その夜はなかなか寝つけなかったものの、泣き疲れたのか一度眠ると朝まで目が覚めることはなかった。


翌日は仕事がまったく手につかなかった。それでも、定時までのろのろとスローペースで仕事した後、さっさと席を立った。

今日の状態なら、残業してもきっと仕事は進まない。

「真奈美先輩、もうお帰りですか？　やっぱり体調が良くないんですね」

「えっ？」

心配そうな美織の言葉に首をかしげると、岩本課長まで私に声をかけてくる。

「今日はずっと様子がおかしかったからな。早く帰ってゆっくり休めよ」

「あ、ありがとうございます。お先に失礼します」

どうやら今日一日、公私の切り替えがまったくできていなかったらしい。もう弁解する気力もなく、そのままオフィスを後にした。

このままでいいわけがない。

帰宅してから、すぐに電話をかける。

「もしもし？」

呼び出し音が長く続いて、最悪、出てもらえないかと思った。

「俊介さん、真奈美です。今、教室ですか？」

「そうだけど」

戸惑うような俊介さんの声に、胸がひりひりと痛む。

「話がしたいです。確か、火曜は夜のレッスンがなかったですよね。今から会えませんか？」

「でも……」

言いよどむ俊介さんの気配に負けじと、私は必死に頼み込む。

「お願いします。最後の我がまま、聞いてもらえませんか？」

長い沈黙の後に小さな声で答えが返ってきた。

「……わかった。話を聞くよ。教室でもいいかな？　もう僕しかいないから」

彼の声に頷いて電話を切ると、すぐに支度して俊介さんのもとへと向かった。

昨日、何も言えずに教室を飛び出してしまったけど、今井さんに会って気づかせてもらった。

俊介さんへの気持ちをそう簡単に止めることはできない。このまま身を引くのは自分に対してだけじゃなく、今井さんに対しても不誠実な気がする。今日はずっと、そのことばかりを考えていた。

何より、もう一度俊介さんに私の気持ちを伝えたい。たとえ、もう受け入れてもらえなくても、このまま引き下がるのは嫌だ。

午後七時前、駅前ビルのエレベーターから三階に降り立った、その時だった。

「あっ……」

思いがけず、松林さんが教室の方向から歩いてきた。

電話では、俊介さんはもう僕しかいないと言っていたのに。しかも、彼女の瞳には昨日の私のように涙が浮かんでいる。

松林さんも私に気づくと、泣きながら苦笑した。

「みっともないところを見られちゃいましたね」

「あ、えっと、大丈夫ですか？」

何と声をかけていいかわからずとっさに尋ねると、彼女はさっと表情を変えて、こちらを軽く睨《にら》みつけてきた。

「大丈夫じゃないです、ちっとも。あなたのせいで」

「えっ」

「どうせ平岡先生に会いに来たんでしょう？」

予想外の言葉に何も返せずにいると、松林さんが静かに続けた。

「私は今度こそしっかりと振られたから、もう心配しないで。あなたもちゃんと気持ちは伝えた方がいいですよ」

「……松林さん？」

「あなたのことを好きになれない、心の狭い自分が嫌になるわね。でも、平岡先生が悲しむのも嫌だから。それじゃあ」

涙を拭《ぬぐ》うと綺麗な微笑を浮かべて、松林さんはエレベーターに乗り姿を消した。

どういうことだろう。さっぱり状況が呑み込めないまま、私は覚束《おぼつか》ない足取りで料理教室の前までやって来る。

けれど、もうあれこれ考えるのはやめ、一つ呼吸を整えた。

ただ後悔しないよう、自分の気持ちをまっすぐ俊介さんに届ければいい。そう心を決めてドアを力強くノックした。

「はい、どうぞ」

返ってきた俊介さんの声に心臓が大きく跳ねて、せっかく整えたはずの呼吸が早くも乱れ始める。

「こんばんは」

「うん、待ってたよ」

ドアを開けると、俊介さんは笑ってはくれなかったけど、私を見て頷いてくれた。

俊介さんの姿を見て、改めて思ってしまう。

――やっぱり好き、大好き。

きっと、ここに初めて来た時、キャベツの千切りをする俊介さんを見た瞬間から、もう惹《ひ》かれ始めていた。

「あの、急に来てしまってごめんなさい。でも、どうしても話がしたくて。できるだけ早く」

「わかりました。それじゃあ、そこに座って。ちょっと待ってて、すぐに戻るから」

一番奥、窓際の調理台の椅子に座るよう言って、俊介さんが私に背を向ける。

――やっぱり私、この人を失いたくない。

「俊介さん」

そう名前を呼び、私は無防備だった俊介さんの広い背中に抱きついた。

「……真奈美」

驚いたように上擦《うわず》った声が、俊介さんの口からこぼれ落ちる。

「やっぱり、俊介さんが好きです。私、昨日、プロポーズをお受けしますって返事しようって思ってました」

私がそう告げた瞬間、俊介さんの息を呑む気配が伝わってきた。

「俊介さんの事情や気持ちが変わっても、私の気持ちはそう簡単には変えられません。結婚についてずっと考えてました。不安もあるし、まだそういう話を考えるのは早いかなっていう気持ちもあった。だけど、やっぱりどれだけ考えても私の結論は一つしか出てこないんです。この先ずっと俊介さんと一緒にいたい。もうそのことしか頭になくて。俊介さんに振られてしまって、私、もうどうしたらいいのか……」

昨夜あれだけ泣いたのに、また涙があふれてきた。俊介さんの身体から手を離して涙を拭《ぬぐ》っていると、いつの間にか俊介さんがこちらを向いている。

「泣かないで」

顔を上げれば、俊介さんはつらそうな色を瞳に湛《たた》え、私を見つめていた。

「無理です。こんなに悲しいことってない……せめて、どうして振られたのか教えてくれませんか？」

「それは……」

「……俊介さん？　どうして？」

涙を目にいっぱい溜めたまま俊介さんの瞳をまっすぐ見つめると、俊介さんも正面から受け止めてくれた。けれど、返事はしてくれない。

「話してほしいです。もう、俊介さんの気持ちは私にないですか？　私が早くプロポーズの返事をしなかったから？　もう嫌われてしまいましたか？」

唇を震わせながら、言葉を募《つの》らせる。たっぷりと間を置いた後、俊介さんが静かに口を開いた。

「嫌いになんてなってないよ。僕が真奈美を放せなくなるから、真奈美ならきっと僕の力になってくれると思ったから、話すのをためらった。真奈美には自分のやりたいことを犠牲にしてほしくない」

「大丈夫です、私は自分のことを投げ出したりしない。もちろん、自分の好きな人も中途半端な形で失いたくない。ねえ、俊介さん。何があったんですか？」

もう昨日のように引き下がったりしない。俊介さんの瞳を真正面からしっかりと見つめて聞いた。

俊介さんは考えるように黙り込んだ後、やがて私の瞳をまっすぐに見つめ返してくれる。

「真奈美はそんなに僕のことを想ってくれてるの？」

「もちろん。だって、プロポーズを受けようって思うくらい好きなんだから」

力強く微笑んで見せると、俊介さんはまるで泣きそうに顔をゆがめた後、性急に私を腕に閉じ込めた。自分から別れようとしているのに、もう逃がさないとでもいうように。

「……俊介、さん？」

「僕のこと、どのくらい好きでいてくれてる？」

「えっ、いっぱい好きです」

そんなの、言い表せない。とっさに、陳腐な表現しかできずに困惑した。

「海も渡れちゃうくらい？」

「海？　うん、海も渡れるかなあ……渡っちゃいますよ！　俊介さんのためなら、それくらい好きです」

「本当？　それじゃあ、一緒にヨーロッパへ行こう」

「えっ！」

予想外の言葉に顔を上げると、俊介さんの真摯《しんし》な瞳とぶつかった。

「僕だって、真奈美のことが好きだ。だからこそ、なかったことにしてほしいって言った」

「俊介さん、どういうことか教えて」

逃げずにまっすぐ見つめ続ける私に、俊介さんが頷いて続ける。

「実は、恩師から海外留学の話を受けた」

「海外留学？　えっと、それでヨーロッパに？」

「うん、そうなんだ。イタリアとフランスに本場の料理を学びに行く。期間は一年か二年か。それから、また延長する可能性もある」

「もしかして、事情が変わったって言ってたのは……そっか、土曜日に人に会うって言ってましたね」

「ああ、その話だったんだ」

ようやく事情が把握できたけど、それでもやっぱり私は腑《ふ》に落ちなかった。

「でも、私には何も言わずに行くつもりだったんですよね。松林さんには留学の報告をしたんですか？」

「教室のことがあったから。留学となれば、この教室も一度閉めないといけない。帰国後にまた再開できればと思うけど、時期もわからないし、彼女を雇っておくことはできなかったから」

「そっか。でも、私には何も話してくれなくて、一人で勝手に決めちゃうのってずるい」

ぽつりと本音をこぼすと、困ったように視線を泳がせてから俊介さんがもう一度私に目を向けた。

「真奈美、言ってたよね？　結婚して子どもが出来ても仕事は続けたいって。仕事が好きだって」

「それは言いましたけど……」

「それに昨日、書籍の仕事を喜んでただろう？　その仕事、確か今年の年末まで続くって」

「あ、はい」

「そう話すあなたは本当にうれしそうだった。真奈美の仕事に対する思いを知っていたから、言えなかったんだ。それに、僕がどんなに大切に想っていたとしても、まだ付き合い始めたばかりの真奈美を一緒にヨーロッパには連れていけないと思った。せめて、僕のプロポーズに即答してくれるくらいでないとね」

確かに、私は一度返事を待って欲しいと伝えた。言いよどむ私を見て、俊介さんは続きを話す。

「迷ってる様子だったし、真奈美にだって仕事や生活がある。付き合い始めたばかりで今、いきなり遠距離になるのも……いつ帰ってくるかもわからない。そんな状況では言えなかった」

「でも、それじゃあ、俊介さんの気持ちはどうだったんですか？　留学の話が出たから？　だから、もういいって？　私に対する気持ちは……？」

弱気になってしまって、ついすがるような思いで俊介さんを見つめる。すると、俊介さんは強い意志を持った瞳で言った。

「ううん、良くないよ。全然良くない。もちろん悩んだ。いっそのこと、留学の話も断ってしまおうかって少し頭をよぎった。真奈美と一緒にいたかったから」

じっと見つめられて、胸が甘く締め付けられる。その眼差しとその言葉に安堵する。

私のことでしっかりと悩んでくれた、その事実がうれしい。

「だけど、今後のことを真剣に考えれば今の自分に必要なことだし、貴重な機会だと思ったから。やっぱり留学の話を受けようって決めたんだ」

「私のこと、考えてくれたんですね」

「当然だよ。でも、僕は元々自分のことを話すのは少し苦手だから。人とどう距離を取っていいかもわからない時がある。今回も真奈美のためを思うなら身を引こうと思ったんだ」

完璧そうに見える俊介さんが、視線を逸《そ》らしてばつの悪そうな顔をしている。そういう彼の一つ一つが新鮮に映る。もうずるいなんて気持ちはなくなっていて、それよりもこれから先、やっぱり俊介さんと一緒にいたい気持ちが募《つの》っていく。一緒の時間を過ごして、俊介さんのことを今日みたいに少しずつ知っていきたい。私はまだまだ俊介さんのことを知らないから。

「二人のことを一人で決められるのは嫌です。もっと俊介さんのことを教えてほしいし、いろいろ話してほしいです。少しずつ変わっていってくれますか？」

「ああ、わかった。真奈美がそう言うなら、努力してみるよ。じゃあ改めて……」

苦笑いを浮かべると、真摯《しんし》な表情になった俊介さんが改めて私に向き直る。

「倉本真奈美さん。あなたが仕事に真剣なのも、よくわかってるつもりだ。それでも、僕について一緒にヨーロッパに来てほしい。僕と結婚してくれますか？」

　再度真正面から伝えてくれた想いに対して、私もようやく自覚できた気持ちを素直に告げる。

「そういう事情なら結婚の時期とヨーロッパのこと、どうすればいいかもう少し考えさせてください。いろいろ急には出来ないから……。だけど、将来的には俊介さんとそうなりたい。俊介さんが好きです。まだいろんな覚悟が足りてないけど、それでも俊介さんと一緒にいたい。そんな私を受け止めてくれるなら……よろしくお願いします」

「わかった、受け止めるよ。その返事は、真剣に考えてくれてるからこそだと思うから。ありがとう。真奈美のこと、必ず大切にするから」

　目の前で微笑まれて一度強く身体を抱きしめられたかと思うと、再び俊介さんの手が私の両肩に置かれて、瞳がぶつかり合う。そのままゆっくりと距離が縮まっていき、私はそっと目を閉じた。

　唇の触れ合う温かな感触に、心が震える。しばらくして離されたかと思うと、今度は小鳥がつっつくように幾度となく唇の先で小さくキスされた。その感触がくすぐったくてつい微笑むと、目を開けた拍子に俊介さんと視線が絡まり、今度は強く唇を押しつけられる。

　やがて呼吸が苦しくなって離れようとしたけど、いつの間にか後頭部に回された腕がしっかりと固定されていて身動きできない。俊介さんの行為一つ一つに男らしさを感じながら、息が上がっていく。何度も唇の先で私の唇をくわえては離し、くわえては離しと弄《もてあそ》ばれた。

やがて私の唇が薄く開いてきたところで、俊介さんの舌がするりと滑り込んでくる。

「あっ……」

その瞬間、つい声が漏《も》れてしまって慌てて息を呑み込んだ。

唇を離した隙に小さく笑い、俊介さんはまた私の唇を塞《ふさ》いで舌を滑り込ませてきた。それと同時に、私の背中に回されていた彼の手のひらが何度か、背中を上下に撫で上げる。不意打ちの行為に思わず腰が浮いてよろけてしまった私を、すぐに俊介さんが支えてくれた。

「真奈美、好きだよ。愛してる」

とても自然に愛の言葉を口にしたかと思うと、俊介さんは私の身体をそのまま調理台に押さえつけた。

「えっ、俊っ……ん！」

驚きの声さえ情熱的なキスに呑み込まれ、私はやっぱり何も言わせてもらえない。またもや舌が絡まり合い、次第に私の身体から力が抜けていく。俊介さんの手がいつの間にか私の胸元に添えられていた。

「ちょ、ちょっと待……」

「待てないよ」

「ま、待ってください！」

俊介さんに流されそうになって、慌ててどうにか踏ん張った。

「ここで？」

息の上がる中、顔や全身を火照《ほて》らせながら聞いても、俊介さんはすでにいつもとは表情が違う。まるで獲物を狙うかのような、欲情に濡《ぬ》れた瞳が私をじっと見据えている。

「俊介さん、ここ教室……」

「ああ、そうだね」

一旦、身体を離されてホッと息をついていると、俊介さんはドアの鍵をかけただけでまた戻ってきて、私を再び両腕で包み込んだ。

「えっ？」

「ねえ、もう知ってるよね？　僕は独占欲が強いだけじゃなくて、そんなに理性を保てる方じゃないって」

そう言って俊介さんが私の耳元に口づけを落とし、耳朶《じだ》を甘噛みした。

「な、何それ……あっ」

首筋をツーッと舌でなぞられて、思わず声が漏《も》れてしまう。

「もっと大人の男性だと思ってたのに、俊介さんって全然紳士じゃない……っ」

「あれ、今頃気づいたの？　真奈美の前では最初から、なるべく素を出してたつもりなんだけどな。とにかく、もう我慢できない……抱かせて、思い切り。真奈美は僕のものだって実感したい」

「……っ」

遠慮のない、欲望むき出しの言葉。彼の強い瞳に捉《とら》えられ、胸の奥が甘くジンと打ち震える。

「あっ……」

俊介さんは私の首筋にたくさんのキスを落としながら、両手で服の上から私の胸のふくらみを優しく包み込んだ。そのままゆっくりと揉みしだかれて、もう逃げられそうにない。

また深い口づけを重ねながら、俊介さんの手が私の服の中に滑り込んでくる。

「ひゃっ……」

冷たい指先がお腹に触れて、身体が跳ねた。次の瞬間、肌着ごとセーターをたくし上げられたかと思うと、俊介さんの目の前に胸元があらわになる。

「やっ、こんなところで恥ずかしい……！」

そんなに早く肌をさらされるとは思ってもみなくて、必死にセーターを下ろそうとするけど、俊介さんは許してくれない。

「だめだよ。しっかり見せて」

俊介さんは胸元に顔を埋めたかと思うと谷間に数度キスを落とし、ちゅっと甘く肌を吸う。胸元に俊介さんの唇を感じるだけで、もう私の身体はどうにかなってしまいそうだ。

その感触に肌を震わせていると、急に胸元が心許《こころもと》なくなった気がした。見れば、俊介さんの左手にはさっきまで私が身に着けていたはずのブラジャーがある。

「えっ、や……！」

何て早業だろう、まったく気づかなかった。

そういえば、セーターから覗くのが嫌で今日はブラジャーの肩紐を外していたっけ、なんて思い出しているうちにも、俊介さんの舌先が胸の頂《いただ》きを掠《かす》めた。

「あんっ！」

「綺麗だよ、真奈美」

甘くそう囁《ささや》いて、そのまま頂きを口に含まれる。舌先で執拗《しつよう》なほどに何度も舐められて、私は息を乱しながら小さく喘《あえ》いだ。俊介さんの一つ一つの動きに振り回される。全身が甘くしびれてどうしようもない。

「どう、気持ち良い？」

彼はそう聞きながら、今度は反対側の胸へ。

「んぁっ……あ」

今まで散々なぶられていた方の先端を指で弄《もてあそ》ぶ。右側をゆっくりと舐め回されながら、左側は指先でつまんでこねられる。

「エプロンを着ている平岡先生」に胸を触れられている。そんなことを思ってしまうだけで、今まで以上に身体の奥が深く疼《うず》き、身体が仰《の》け反《ぞ》った。

「感じてるんだね、可愛いよ」

優しく微笑んで、再び長くて深いキスを与えられる。その間にも、両方の胸の先端を爪先で緩《ゆる》く引っかかれるようにされて、腰が浮いた。俊介さんの愛撫は止まる様子がない。まるで常にどこかに、愛情と快感を与えられているみたいだ。

深く舌を絡ませているうち、片方の胸を解放されたと思ったら、今度はスカートの裾からそっと手が侵入してきた。

「や、俊介さんっ」

「何?」

柔らかく微笑まれ、私は首を緩く振ることしかできない。

「大丈夫だよ。優しく触ってあげる」

吐息混じりに耳元でそう囁《ささや》かれる。そしてつーっと内ももを撫で上げられ、ショーツとタイツ越しにゆっくりと触れられた。

「あっ！」

「あれ、嫌だって言う割には、結構興奮してる？」

自分でももちろん相当潤《うるお》っていることに気づいていて、私は顔を火照《ほて》らせることしかできない。

「恥ずかしがって可愛い。僕としてはうれしいからいいんだよ。むしろ、もっと真奈美を気持ち良くしてあげたい。それで、僕のことしか考えられないようにしてしまいたい」

言うなり、ショーツの上から割れ目に沿って指が上下に何度もこすり上げてくる。

「あっ、そ、そんなにされると……んっ！」

声を堪《こら》えることができず、幾度となく嬌声《きょうせい》を上げてしまった。込み上げてくる快感に抗《あらが》えず、腰が何度も揺れる。

「もうびしょびしょだね。脱いじゃおうか？」

私の羞恥《しゅうち》を煽《あお》るためなのか、俊介さんはいちいち淫靡《いんび》な言葉を口にする。

抵抗したくても、身体にほとんど力が入らなくなってしまっていた。俊介さんがするすると私のショーツとタイツを下ろしていくのを、されるがまま見つめるしかない。

「壁に手をついて」

身体を反転させられて言われるがままに従うと、首だけ後ろを向かされる。何度もキスされながら、お尻を撫で回される。

「んっ！」

まるで感触を楽しむかのように長いことお尻に触れていた指が、やがてするりと滑り込んできて、じかに私の秘所に触れた。

「あっ……！」

「いっぱい濡《ぬ》れてる。真奈美って、やっぱり感じやすい？」

「は、恥ずかしいことばっかり言わないで……あぁっ」

「真奈美のこと、もっと知りたいから聞いてるんだよ」

俊介さんは私の入口を何度もこすり上げるから、私はろくに答えることもできない。

少しして指の位置がずれたと思ったら、今度は不意打ちで突起に触れた。

「やぁっ！」

まるでくすぐるように優しく丁寧に触れられる。その刺激に、甘い疼《うず》きはどこまでも止まらずに私を支配した。

「ここが良い？」

息をたっぷりと含ませながら耳元で尋ねられ、私は嫌だ嫌だと頭を振ることしかできなくなっていた。

「それじゃあ、わからないよ。言って？　どこが気持ち良い？　ここはやめた方が良いのかな……」

少し残念そうに言って、俊介さんはすっと手を離してしまった。

「あ、やだ」

そんな言葉が口をついて出てしまって、慌てて口元に手を添える。それでも、身体の奥の疼《うず》きはどうにも止まらなくて、訴えかけるように俊介さんを見上げた。

「ふふっ、どっちも嫌なの？」

首筋に軽くキスしながら、俊介さんはくすくすと笑う。

「意地悪、しないで」

懇願《こんがん》するように言ってしまうのが、どうしようもなく恥ずかしい。

「真奈美、どうされたいか言って？　じゃないと、このままだよ」

「もう……、触って」

俊介さんの方を見て、ごくごく小さな声で呟く。

「どこを？」

「…………」

顔を見ながらなんて、とてもじゃないけど言えない。私は俊介さんの首に腕を巻きつけ、彼の耳元でこそっと打ち明けた。

「……ね、お願い？」

じっと見つめると、意外なことに俊介さんの頬には微《かす》かな朱が差した。

「そういうの、反則」

「えっ、きゃっ！」

俊介さんが突然ひざまずいたかと思うと、スカートをめくり上げられた。私の足の付け根に顔を埋め、そのままさっきまで触れていた秘所に舌を這《は》わせ始める。

「ちょ、そんな……あぁ」

「あ、ごめん。リクエストは触ってだっけ？」

愉快そうに微笑んでから、すぐにまた襞《ひだ》を舌でなぞられる。

「あぁっ！」

いつの間にやらすっかり膨らんでいた突起にキスされ、足はガクガクと揺れてしまうばかり。

「またあふれてきた」

俊介さんの指に、舌に、そして声に、すっかり乱されてしまって頭がクラクラしている。何も抵抗できない、されるがまま。まるで俊介さんにすべてを支配されてしまっているみたい。

そのまま、突起を舌先でじっくりと舐められたかと思えば唇で挟まれたりして、その度に私はじわじわと追い詰められていく。

次の瞬間、突起から唇が離れたと思ったらスッと一本の指が入口にあてがわれ、ゆっくりと中に押し入ってきた。

「んんっ！」

「しっかりと中をほぐしてあげるから」

ある程度中まで侵入してきたかと思うと、そのまま関節を曲げられる。

「あっ、ああ……っ！」

曲げたり伸ばしたりを繰り返されて、その度に身体がしなる。何度も抽挿されていると、そのうち私の腰は砕けてしまった。

「おっと、大丈夫？」

その場に倒れ込んでしまいそうになった私を、俊介さんがとっさに支えてくれる。

「はあっ、はあ……」

私はすっかり息も乱れ、俊介さんの腕につかまるしかなかった。

「ごめん、ちょっと激しくしすぎたかな」

「ううん。大丈夫、です」

呼吸を整えながらやっとのことで答えると、唇にキスされて微笑まれる。

「真奈美が可愛すぎて、ごめん、上手く手加減できないみたいだ。それに、僕ももうそろそろ……」

俊介さんは、すでに熱く昂《たかぶ》っている己のモノへ私の手を導く。

「あっ……」

スラックス越しにもわかる、十分な質量。

「ねえ、いい？」

囁《ささや》かれて小さく頷くと、俊介さんがスラックスの前を広げて下着から自身を取り出した。その大きさに思わず息を呑む。だって、今までで一番体積を増しているように見えたから。

「あ、……いつもより、その……」

思わず口に出すと、俊介さんは愛おしげな瞳で私を見つめる。

「うん？　ああ、もう手放すしかないと思っていた真奈美をこの手に抱けるからだよ」

「俊介さん……」

甘く胸を締めつけられ、思わずじっと見つめ返す。俊介さんは小さく笑いながら、私に手を伸ばしてきた。

「そういう真奈美だって、いつもよりすごいね」

「んっ、あ……。だ、だって……」

俊介さんは指先で私の秘所に触れ、そのまま弄《もてあそ》び始める。

「ああ、んぁ……ん」

室内に響く水音に、耳を塞《ふさ》ぎたくなる。

やがて俊介さんは手早くゴムを付けて私の身体を引き寄せ、秘所に自身をそっとあてがった。

「んっ……！」

そして、今度は自身で秘所をこすり上げてくる。

その刺激に腰が揺れてしまいそうになり、俊介さんをちらりと見上げた。

「ちょっと焦《じ》らしすぎたかな」

「……あぁっ！」

軽く口づけられた後、俊介さんのものが入ってくる。腰をグッと押さえ込まれ、少しずつ中に迎え入れていく度に腰が揺れた。

「あぁ、ん……」

目が合うと、少し苦しそうに俊介さんが微笑む。その表情にこの上ない艶《つや》っぽさを感じて、私はつい見とれてしまった。

「んぅ……、ん」

深くつながり合いながら、私たちは唇を重ね合わせ、舌を絡ませ合う。何度も舌を吸われ、私も夢中で俊介さんを貪《むさぼ》るうちに、息が上がってくる。そして身体の奥をつき上げられた瞬間、私は声を漏《も》らした。

「んんーっ……！」

「……っ、ねえ、奥まで入ったの、わかる？」

小さく頷いて、今度は私から触れるだけのキスをする。俊介さんは笑みを向けてくれた。

「このままずっと味わっていたいけど、残念ながらそうもいかないから動くよ」

そう言って、俊介さんは腰を大胆にグラインドさせる。

「あぁっ！」

大きな嬌声《きょうせい》が漏れて、私は慌てて口を手で塞《ふさ》いだ。

「いいから、声聞かせて。真奈美の声が聞きたい」

そんなことを言って、もし誰かがすぐそばの廊下を通ったらどうするつもりだろう。

そんな考えが頭をよぎったけど、次の瞬間、腰に手を添えられて今まで以上に激しく腰を打ちつけられ、私の思考は完全に停止してしまった。

「あ、だめっ、んぅ……！」

最奥に先端が当たり、どうしても腰が浮いてしまう。声ももう抑えられない。

「ごめん、もう……っ」

「……えっ？　あぁ！」

俊介さんがますます腰の動きを速める。苦しそうに声を漏らしながら、優しく微笑んだ。

「真奈美、愛してるよ……っ」

「私も……！」

何度も口づけを交わし、俊介さん自身が大きく収縮して達した。それと同時に、私も頭が真っ白になって、身体が大きく弛緩《しかん》した。


壁に寄りかかり、私たちはお互いの身体を抱きしめ合っていた。

「身体、大丈夫？」

「たぶん」

一言二言話しては、どちらからともなく軽くキスをする。

「でも、まさかここでするとは思わなかった」

「今夜、来てくれてありがとう、本当に。僕にはやっぱり真奈美が必要だ」

切なそうに囁《ささや》き、俊介さんは私をそっと抱き寄せておでこにキスをする。

「今、真奈美がこうして腕の中にいてくれてうれしい」

そう言って微笑む俊介さんを、とても愛おしく思う。大きな腕に抱きしめられて、私も幸せな笑みを浮かべた。

二人で素早く衣服を整えた後、俊介さんは思い出したように言った。

「そういえば、食事はまだだよね。どこか食べに行こうか？」

「それなら私に作らせてもらえませんか？」

「真奈美の手料理？」

私の提案に、俊介さんは目を丸くする。

「はい。まだレッスンが残ってるけど、基礎コースの卒業試験みたいな感じで、俊介さんに成果を披露したいです」

いつか提案してみようと、以前から考えていたことだった。

「それはうれしいですね。だけど、卒業試験は次にしようか」

「えっ？」

「だって真奈美、相当力入れて作ってくれるつもりだよね？」

「はい、もちろん。試験なので」

私自身、自分が上達したのを確かめたいし、それに一番そのことを認めてもらいたいのはやっぱり俊介さんだ。

「なら、今からだと少し遅くなるよ」

「ああ、そっか。もうお腹空いてますよね」

「うん。それもあるけど、それ以上に、真奈美といちゃいちゃする時間が減ってしまうからね」

「えっ！」

「だって、さっきのだけじゃ足りないよ」

「そ、そんな……」

赤くなる私を見て、俊介さんは悪戯《いたずら》っぽく笑む。

「今夜はできるだけ真奈美にくっついていたい」

また俊介さんの口づけが額や頬に降ってきた。

「それに、試験に向けての練習期間も必要なんじゃない？　言っておくけど、僕の審査は厳しいよ？」

「えっ、そうなんですか？」

プレッシャーを感じて尋ねると、俊介さんがおかしそうに笑った。

「ふふっ……、冗談です。次の土曜なんてどうかな？　ちょうど夜のレッスンが休みなんだ」

「土曜日ですね。はい、頑張ります！」

「今から楽しみにしてるよ」

その日は近くの居酒屋で簡単に夕食を済ませた後、俊介さんと一緒に私の家へ帰った。

俊介さんはずっと私を離してくれなくて、恥ずかしくなるくらい、甘く愛された。

＊＊＊

翌日、仕事から帰宅した私は、すぐに今までの基礎コースのテキストやプリントを広げて、卒業試験のメニューに頭を悩ませた。けれど、そうしている間にも、昨日の俊介さんの表情や言葉、それに身体に感じた熱を思い出し、つい思考がそれてしまう。

「だめだめ、時間がないのに！」

そう自分を叱咤《しった》しながらも、今度はヨーロッパ行きのことが頭を掠《かす》める。

「イタリアとフランス、かあ」

確かに今の仕事は好きだし、結婚しても仕事を続けたいと思っていた。

だけど、やっぱり俊介さんが好きだ。一緒にいたい。

この想いは気持ちが通じ合った直後だから、という一時の思い込みではないはず。一度は失ってしまった彼を、この先決して手放したくないから。

仕事はここまで頑張ってきて、ある意味、自分の目標を達成できたように思う。入社当初の「立派なプランナーになる」という思い。書籍の仕事には未練があるけれど……。

この企画だけでもやれないか、会社に交渉できるかもしれないし……

それに、実は新生活に魅力を感じている自分もいる。好きな人とヨーロッパで暮らすなんて、こんなに素敵なことはそうそうない。何も一生というわけではないし、一年だけという可能性もある。付き合いたてで遠距離恋愛はやっぱり寂しいし、俊介さんもついてきてほしいと言ってくれている。

彼を支えることも立派な仕事のはず。本格的に料理を学べば俊介さんのお手伝いもできるようになるかもしれない。

落ち着けば、現地の情報を発信するライターとして働ける可能性もある。今の取引先や知り合いに少しならコネもあるし、難しいけれど挑戦してみる価値はあるだろう。

何も今の仕事を辞めるからと言って、失うものばかりじゃない。その代わりに得られるものだって、きっとたくさんあるに違いない。

何より、今の私は俊介さんと共に歩む未来に期待が膨らんでいた。

＊　＊　＊

そして、やって来た土曜日。私は非常にそわそわした気持ちで、俊介さんを自宅に迎えた。

「こんばんは。どうぞ上がってください」

「どう？　成果のほどは」

「うーん……まあ、食べてから判断してください！」

俊介さんの笑顔に、思わず唸《うな》りながらそう答えた。

私としてはまずまずの出来だと思うけど、まだまだ自信は持てない。自分でハードルを上げない方が良いだろうと思ったのだ。

「お邪魔します。あ、おいしそうな匂いがしてる」

焦げ茶色の革靴を脱ぐと、俊介さんが私の部屋に上がる。迎え入れる私は、相当緊張していた。何しろ、基礎コースの卒業試験が行われるのだから。

やっぱり、俊介さんには「おいしい」と笑ってほしい。

「来る前に連絡してくれたから、もう用意できてます」

ローテーブルの上には、今まで基礎コースで習ったメニューが勢ぞろいしている。豚のカツレツにイワシの生姜煮《しょうがに》、卵焼きにマカロニサラダ、それにチャーハンも。

「たくさん作ったね。これは時間かかったんじゃない？」

黒のロングコートを脱ぎながら、俊介さんが驚いたように目を見張った。

「はい。部屋の掃除もしないといけなかったし、夕方になって急に時間がないって焦っちゃって。でも、どうにか間に合いましたよ」

コートを受け取り笑って話すと、ふいに俊介さんの腕が私の頭に伸ばされる。

「それはよく頑張りました」

微笑む俊介さんが私の髪を優しく撫でてくれる。その感触がうれしくて、くすぐったくて、私は少しはにかんだ。

「うん。まず見た目は合格だね。カツレツも焦げてないし、卵焼きも綺麗に巻けてる」

「レッスン後には欠かさず復習してたから」

「優秀ですね。生徒がみんなそうなら手もかからないのに」

コートをハンガーにかけると、俊介さんにはクッションの上に座ってもらう。

「でも、ここからが緊張します。肝心なのは味だから。あ、ビール飲みますよね？」

「ビールまで用意してくれてるの？　でも、それは後で」

「えっ、そうですか？」

「まずは、ちゃんと料理の味を見てからね」

そんな風にきちんとされると、余計に緊張が高まってしまう。

「わかりました。それじゃあ、よろしくお願いします」

「ふふっ……、そんなにかしこまらないで。じゃあ早速、冷めないうちにいただこうか」

俊介さんがおしぼりで手を拭《ぬぐ》っている間に、私はビールの代わりにミネラルウォーターをグラスに注いだ。二つのグラスをテーブルに置くと、私も俊介さんの隣に座る。

「いただきます。じゃあ、これからにしようかな」

そう言って俊介さんが箸を伸ばしたのは、卵焼きだった。心臓がうるさく音を立てるのを感じながら、たまらず食い入るように俊介さんを見つめてしまう。

「ど、どうですか？」

「おいしいよ。相当練習したでしょ？　お店で出せるレベル」

「大げさですよ。でも、良かった。まあ卵焼きは自信あったんです。一番練習したから」

「じゃあ、反対に一番自信がないのは？」

「えっ、それ聞きます？　うーん、イワシの生姜煮《しょうがに》かなあ」

「イワシもおいしそうにできてるけどね」

箸に取って裏表を確かめるように見ると、そのまま俊介さんの口の中に放り込まれる。

「うん。魚の臭みも綺麗に取れてるし、味もしっかりと染み込んでて良い味してるよ」

「本当ですか？　良かったー」

「真奈美もお腹空いてるんじゃない？」

「あ、そういえば。緊張しすぎてすっかり忘れてました」

「じゃあ、一緒に食べよう。ほら……」

卵焼きを一切れ箸につまんで、俊介さんが私の口元に差し出す。

「えっ？」

ためらう私に、俊介さんが悪戯《いたずら》っぽく微笑む。

「誰も見てないから」

「は、恥ずかしいんですけど……」

「ほら、早く」

笑いながら急かされて、おずおずと口を開いた。すると、舌の上にそっと卵焼きが置かれる。

「ね、おいしいでしょ？」

「ドキドキしすぎて、味がよくわかりません」

「それは残念」

俊介さんは肩をすくめると、今度は豚のカツレツをかじった。

「カツも揚げ加減がちょうど良くなったね」

「もう、焦がしたくなかったので」

そう答えながら、カツを黒く焦がし泣いてしまったあの日を思い出した。こうして振り返ってみれば、もうずいぶんと昔のような気がする。

「だけど、真奈美があの時、焦がしたから今があるよね」

「えっ」

俊介さんの言葉に、私はハッと顔を上げた。俊介さんも私と同じようにあの日を振り返っていたようだった。

「焦がさなければ泣かなかったんじゃない？　そうしたら、僕が個人レッスンを申し出るチャンスもなかった」

「そっか。恥ずかしかったけど、焦がして良かったんだ……」

「うん、泣いてる真奈美は可愛かったしね」

「か、からかわないでください」

俊介さんに小さく笑いながら言われて、私は目を逸《そ》らした。

「仕事をバリバリこなしてしっかりしてそうなのに料理下手で、びっくりするくらい自分に自信がなくて、そのギャップに惹《ひ》かれた」

私の瞳をまっすぐ見つめて、俊介さんが一つ一つの言葉を大切に紡《つむ》いでくれる。私はまるで彼の瞳に吸い込まれるように見つめ返しながら、じっと聞き入った。

「やっぱり、あの時に思ったんだ。普段は強さしか見せない、真奈美の弱いところを僕が支えたいって」

「俊介さん……」

「僕だけに本心を打ち明けてくれたらいいって、そんな独占欲がだんだん加速していった。気がついたらもう手放せなくなってた。プロポーズをなかったことにしてほしいって伝えた後も、本当はずっと後悔してた。僕にも真奈美にもお互いの人生があるんだからって、何度も自分に言い聞かせようとした。だけど、結局は真奈美と離れるのが耐えられないと思った」

胸がいっぱいになって何も言えずにいると、そんな私に俊介さんの熱い眼差しが向けられる。

「料理はもちろん教えてあげたいし、他のことも全部、僕が真奈美を支えていきたい。だから頼ってほしい、どんなことだって。僕がこの先、真奈美をずっと守っていきたいんだ」

彼のひたむきな想いが私の胸に届いて、涙腺がじわりと緩《ゆる》んだ。

「真奈美？」

そんな私を見て慌てたような俊介さんに、横からぎゅっと抱きついた。

「わっ！　え……？」

私の肩に手を回してくれながらも、俊介さんは状況がよく呑み込めないみたいで戸惑っている。

「うれしい……。やっぱり私、決めました。ヨーロッパへ俊介さんと一緒に行きます」

「本当？」

「はい。あの、結婚の時期を少し考えさせてくださいって言ったけど、今ものすごく俊介さんと結婚したいって思ってます……」

「真奈美、ありがとう」

今度は俊介さんが私の身体を抱きしめる番だった。彼はとてもうれしそうに微笑んで、力を込めてきつく私を抱きしめた。私も俊介さんの背中に回した腕の力を強める。

「だけど、書籍の仕事はどうするの？　やりたいんじゃないの？」

「在宅でやらせてもらえないか、一度会社に相談してみようと思います。この仕事も、俊介さんも絶対に失いたくないから」

私が力強く言うと、俊介さんは笑みを深めた。

「そっか、すごくいいね。真奈美のそういうところが好きだよ。僕がばかだったな。真奈美のことを一度は手放そうとしたなんて。意地でも何でも、最初から真奈美を連れていくようにすれば良かった。こんなにも真奈美に惹《ひ》かれてるんだから。だから、決めた」

「えっ？」

「どんなに強引な手段を選んだって、僕は真奈美と結婚する」

「俊介さん……」

私が顔を上げると、俊介さんが顔を寄せてきて、唇を重ねた。

「せっかくたくさん作ってくれたから、他の料理もいただくよ」

俊介さんは腕に私を抱きながらも、器用にレンゲでチャーハンをすくって口に運ぶ。

「うん、これもおいしい。……はい」

レンゲを口元に差し出された。慣れることはできなかったけど、今度は抵抗しないで口を開く。

「あの……、自分で食べられますよ?」

「いいから、こうさせて。少しでも真奈美が離れるのが寂しい。ずっと腕に抱いていたい」

「でも、恥ずかしいです」

遠慮がちに私が言うと、俊介さんはサラダを口に放り込むなり、そのまま口づけてくる。

「んぅ……っ」

次の瞬間、俊介さんが無理やり私の唇をこじ開け、そのままマカロニパスタを舌で私の口腔《こうこう》内に運んだ。

「うん、サラダもよくできてる。全部合格」

「こ、こんな食べ方……!」

私が反論すると、一呼吸置いた後で、俊介さんは目を細めて私をじっと見つめた。

「真奈美、本当に上手になったね」

「あ、ありがとうございます。でも、スタートがゼロどころかマイナスだったから、これからもっと上達していきたいです」

「うん、これからも教えてあげる。先生としてじゃなく、婚約者として。僕の良いお嫁さんになってもらいたいから」

「よ、よろしくお願いします」

「うん、任せて。それは貴重な、僕だけの役目だね」

そんなやりとりをしながら、すべてのメニューを食べ終える。

箸を置くとすぐ、俊介さんは私の方を見た。じっと瞳を見つめられて胸が甘く疼《うず》いた瞬間、頬に俊介さんの指が滑り唇を塞《ふさ》がれた。そのまま性急に床に押し倒されてしまう。

「お腹は満たされたから、今度は真奈美が欲しくなった」

「えっ？　もう……？」

驚いて目を見開くと、俊介さんは笑った。

「もう……ってことは、この後、少しは期待してくれてたってこと？」

「えっ！　そ、そんなこと……っ」

「ふふっ、焦らなくてもいいのに。僕は期待してくれてた方がうれしいから。さあ、たっぷり可愛がってあげる。今夜はずっと真奈美に触れてるよ」

「俊介さ……っ、ん」

俊介さんは再び私の唇を奪い、当たり前のように舌を絡め取っていく。同時に、彼の大きな手が服の上から私の胸を揉みしだいた。

「早く直接触れたい。真奈美、すぐに服を全部脱いで」

「えっ、今日は時間がたっぷりあるって……」

「それなら、なおさらじっくりと真奈美の全部が見たい。裸のまま、朝までずっと真奈美とくっついていたいんだ」

「あ、朝まで？」

「言っておくけど、今夜はそう簡単に真奈美を離すつもりはないから」

「そ、そんな……あっ」

俊介さんの舌が首筋を這《は》う。大きな手はスカートの裾を割って太ももをやわやわと撫でてくる。早くも身体の奥がジンと甘くしびれ始めて、これからの行為を期待している自分に気づいてしまった。

「自分で脱ぐのが恥ずかしいなら、しょうがない。今日は僕が脱がせてあげる」

「ひゃっ！　俊介さん……っ」

あっという間にタイツごとショーツをずり下げられ、足首から簡単に抜き取られてしまう。スカートの下は何も身につけてない状態になって一気に心許《こころもと》なくなった。

驚いて身体を少し起こしたら、俊介さんがすぐ抱きついてくる。そのまま背中に差し入れた手でブラのホックをすっと外してしまった。

「えっ？」

あまりにも早い展開についていけずにぼけっとしていると、前に回ってきた手のひらが両胸に触れ、ゆっくりと揉みしだかれる。

「んっ……」

さらに、俊介さんは私のすべてを貪《むさぼ》るかのように、荒々しく唇を求めてきた。吐息も熱も全部奪われそうになって、慌てて一度唇を離す。抵抗するのはもうやめた。代わりに、俊介さんの着ていたカーディガンに手をかける。いつも私ばかり脱がされるのは恥ずかしい。それに、負けているようで悔しい思いもある。

「あっ、このカーディガン……」

「ん？」

「個人レッスンの後、初めて一緒に食事した時に着てましたね」

私が微笑むと、俊介さんが驚いたように私を見つめ返す。

「そうだったっけ？　よく覚えてるね」

「エプロンじゃないって思って、ちょっと意識しちゃったので」

「そっか、確かに教室ではいつもエプロンだからね。それで？　真奈美が脱がせてくれるの？」

うれしそうに俊介さんが笑い、顔が火照《ほて》るのを感じながら私は小さく頷く。

「あ、はい……」

カーディガンとその下に着ている白いシャツのボタンを一つずつ外していく。その間、俊介さんは私の頭を撫でたり、髪や耳に口づけたりしていた。

俊介さんにも手伝ってもらいながら脱がし、やっとのことで彼を上半身裸にする。何度見ても彼の裸の胸には慣れず目を逸《そ》らすと、私の腕を俊介さんが引っ張った。

ベッドに場所を移し、先ほどの言葉通り、俊介さんは私の着ていたワインレッドのニットも下着も、一気に両手から抜き取ってしまう。

「きゃっ……！」

「隠さなくていいのに」

慌てて胸元を隠した両腕も、俊介さんに力ずくでつかまれた。まだ行為も始める前から上半身をさらされ、私の身体は熱を持ち始める。

「脱がせてあげるって言ったよね？」

「こ、こんないきなり……っ？」

「はい。下も……っ」

「ひゃあっ」

俊介さんは私を押し倒すと、難なくスカートを脱がせてしまった。途端に、私は一糸まとわぬ姿になる。

「こんなの、恥ずかしいです……！」

慌てて布団で身体を隠そうとしたけど、それも俊介さんが許してくれなかった。せめてもの抵抗にと、うつ伏せになって縮こまる。

「お尻が見えてるけど。触ってほしいの？」

「ち、違……あっ」

俊介さんは笑うと、揉むようにお尻に触れてくる。

「んっ……」

見えなくても、俊介さんの大きな手がお尻をやわやわと揉んでいるのは、その手の感触からしっかりと伝わってくる。羞恥心《しゅうちしん》が募《つの》ってどうすればいいかわからないでいると、俊介さんにあっけなくくるんと身体を横向きにされてしまった。見ると、いつの間にか俊介さんもジーンズと下着を脱いでいる。

私の左隣に俊介さんも寝転び、すぐに俊介さんから口づけされた。二人向かい合う形になって、深いキスを続けながら、俊介さんは私の胸に手を伸ばしてくる。

「んっ……！」

強く揉みしだかれた後、胸の飾りを指先で弾かれ、思わず身体が跳ねた。

「んぁ……っ！」

「相変わらず、ここは敏感みたいだね」

うれしそうに言って、俊介さんがそのまま執拗《しつよう》に胸の飾りをこねる。私は目を閉じてその快感をやり過ごそうとした。

「あっ、んん……」

唇を離されると、つい漏《も》れてしまう声が恥ずかしい。

「ほら、真奈美も触ってくれる？」

「えっ、あ……」

左手をつかまれて、そのまま俊介さん自身に導かれる。触れると、すでに熱く硬くなっている。言われた通り、素直にそれを上下にさすった。

「そう、良い子だね」

再び唇を塞《ふさ》がれて、舌を絡められる。だんだんふわふわした心地になってきて、やがて身体に力が入らなくなる。いつの間にか私の手が疎《おろそ》かになっていると、俊介さんは私に覆いかぶさってきて胸元に唇を寄せた。

「あぁっ……」

胸の飾りに口づけられて、そのまま口に含まれてしまう。れろれろと舌先で丁寧に舐められて、先ほどよりも強い快感に俊介さんの頭を掻き抱いた。

どのくらいそうされていただろう。もう意識もぼんやりしていた私の手を、俊介さんがつかんでくる。えっ？　と思った時には、再び俊介さん自身に私の手が触れていた。

私は腕をいっぱいに伸ばして、彼自身の先端を指先で撫でる。

そうして、しばらくお互いに触れ合った後、俊介さんが微笑みと共にまたキスを一つくれる。

「俊介さん、その……気持ち良い？」

「うん？」

思い切って小声で聞くと、その質問が意外だったのか、俊介さんは目を見張って私を見た。すぐに返事は返ってこない。

「どういう風にしたらいいのか、いまいちよくわからないから……」

私ばっかり良くしてもらってばかりで、俊介さんに気持ち良いと思ってもらえていなかったら申し訳ない。それはずっと気になっていたことだった。

俊介さんは微笑んでから私の頬にたくさんキスをくれた。

「真奈美は可愛いことを言ってくれるね」

「えっ、だって……」

「今は触れてくれるだけでいいよ。そのうち、教えてあげるから」

「そう、ですか？」

「拙《つたな》くても、そんな風に考えながら僕に触れてくれる真奈美が愛しいから、それだけで良くなるよ」

「ほ、本当？」

「うん。だから、今度は口でしてくれる？」

「……はい」

身体を起こして、ベッドの上に座った俊介さん自身に顔を寄せる。はじめに先端に、続いて至るところにキスを落とし、手でも撫でるように触れながらくわえた。

「うっ……、いいね」

そう言ってくれる俊介さんが愛しくて、私は手をせわしなく動かしながら、強弱をつけて口をすぼませる。

その時、無防備だった私の秘所に俊介さんの手が伸びてきて、優しく触れられた。

「んぅ……！」

不意打ちの愛撫に、私の口からはつい大きな声が漏《も》れてしまう。

「僕にも教えてくれる？　どう、気持ち良い？」

「はい……あっ、俊介さんは……上手だからっ」

私の言葉に、びっくりしたように俊介さんが手の動きを一度止めた。

「そう？　そんな風に言われるのは意外だけど、やっぱり気持ちかな。真奈美のことを大切に想って抱いてるから」

「俊介さん……、私も同じ気持ちです」

私が頷くと、俊介さんは私を軽く抱き上げるように脇腹を支える。俊介さんと向い合って座る形になり、またキスを交わすと、そのまま押し倒される。同時に、足を左右に大きく開かれてしまった。

「やっ！」

やっぱり明るいところで見られるのには、抵抗がある。

「次は僕が真奈美を気持ち良くさせてあげる番だよ」

けれど、そんな私には構わず私の下腹部に顔を埋め、俊介さんがキスするように唇で突起に触れた。

「あぁ！」

はしたなく声を上げると、俊介さんに舌の先で何度もそこを舐められる。

「あ、あっ、あぁ……」

一番敏感な場所を優しく刺激され、身体の熱があっという間にジリジリと上がっていく。私は声を止められなくなって、身もだえすることしかできない。

「気持ち良い？」

「うんっ……気持ち、良い。……あっ」

再び同じ質問をされ、今度ははっきりと口に出して答えた。それだけ、私の中で快感が高まってきている。

何度もそこをなぶられ、積み重なる快感に、思わず仰《の》け反《ぞ》ってしまう。彼の頭を退けようと必死に力を入れるものの、俊介さんは少しも動じずに舐め続ける。

「も、もう……俊介、さん！」

甘い刺激が全身を駆けめぐり、驚くほど早くその時が訪れようとしていた。

「いいよ、一度イッてしまったら？」

「えっ、でも……あぁ」

「一緒にイクのはその後で。何回でも良くしてあげるから。ほら……」

俊介さんが舌の動きを速めて、快感がじわりじわりと込み上げてきた。やがて、頭が真っ白になる。

「あっ、あぁぁ……！」

一際大きな声を上げ、私はあっけなく達してしまった。

「どう？　良かった？」

「は、はい……」

私が息を乱しながら答えると、俊介さんは満足そうに笑み、隣に寝転んで私の身体を抱き寄せた。

しばらくの間、そうしてお互いの身体を抱き締め合っていた私たちだったけど、俊介さんが再び私に手を伸ばしてきて、ぽつりと呟く。

「僕もそろそろ我慢できなくなってきた。いいかな？」

「はい……っ、んぅ」

俊介さんの指先が私の秘所をくすぐり、甘い声がこぼれる。

彼はゴムを手早く準備し、もう一度私の足を広げて、秘所に自身をあてがう。

「んっ……！」

「イッたばかりで敏感になってるかもしれないけど、入れるよ」

「あっ、あぁ……！」

俊介さんの言った通りだった。ゆっくりと俊介さん自身が押し入ってきただけで、軽く達してしまったような感覚があった。

そのまま一気に奥まで挿入されて、私の身体は大きくしなる。身体を密着させるように俊介さんが私に覆いかぶさってきた。

私の耳元に顔を寄せ耳朶《じだ》を甘噛みすると、彼はそっと囁《ささや》く。

「真奈美、愛してるよ。これから、ずっと一緒にいよう」

「はい、私も俊介さんが大好きです」

私も笑って返事をし、俊介さんの大きな身体を力いっぱい抱きしめる。俊介さんの広い背中が好き。すぐに抱きしめ返してくれる、頼もしい腕が愛おしい。そう感じながら、今度は私から深く口づけた。

「んんぅ……！」

口づけの最中に俊介さんが腰を強く打ち付けてきて、私のくぐもった嬌声《きょうせい》がこぼれ落ちる。

「このまま……っ、一緒にイこう」

苦しそうな声で言い、容赦なく俊介さんが私の奥深くをつき上げる。

「あっ、あああっ……！」

たまらない快感に頭がぼーっとしてきて、後は俊介さんの熱を受け止めた。私にも、すぐ大きな波がやって来た。

その後、広い胸に抱き寄せられぐったりしていると、俊介さんがまた私に馬乗りになってきた。

「えっ、俊介さん？」

「さあ、休憩は終わりにしようか」

「休憩って……あぁっ」

俊介さんの長い指先が再び、鎖骨を滑り胸元に落ちてくる。胸の飾りを指先で弾いたりこねたりしながら、俊介さんが続ける。

「言ったよね？　今夜は簡単に真奈美を離すつもりはないって」

「そんな……っ」

もう熱は冷めたはずだったのに。再び身体が熱くなってしまう。彼は愉快そうに笑って、何やら考え込み始めた。

「ちょっと急いでしまったから、次はゆっくりと焦《じ》らそうかな。その次は……」

「な、何回するんですか……？」

「朝が来るまで」

「む、無理です。そんなの……！」

泣きそうになる私の頬に口づけて、俊介さんは明るい笑みを浮かべる。

「無理かどうかはやってみないとわからないから。とりあえずやってみようよ」

そう言って、無謀なチャレンジ精神を見せてくれた。

「とりあえずって……んっ！　んん……ん」

すぐに唇を塞《ふさ》がれて、私は何も言わせてもらえなくなった。再度始まった愛撫に、次第に身体の力が抜けていく。あんなに無理だと思っていたのに、私もすぐにまた俊介さんが欲しくなってしまった。

そんな私を俊介さんは大きな腕で受け止めてくれる。改めてゆっくりと時間をかけ、朝方まで、私は心も身体も蕩《とろ》けそうになるほど愛されたのだった。

＊　＊　＊

翌朝というより、正午近く。

──ピンポーン。

控えめにチャイムが鳴ったと思ったら……ピンポンピンポンピンポーン！　と連打された。

「もう、うるさい……」

観念して、のそのそと起き上がる。

「ん……、お客さん？」

「あっ……、ひゃっ！」

俊介さんの声に、隣に彼がいることを思い出した。何も身につけてなかった私は一度掛け布団で胸元を隠す。

──ピンポンピンポンピンポーン！

まだチャイムは鳴り続けている。

「うるさくてすみません」

「とりあえず、服着た方が良さそうだね」

笑いながら私に一度口づけると、俊介さんはあっという間に昨夜と同じ格好に戻った。

「早い……。俊介さん、ちょっと出てもらってもいいですか？」

私も椅子の背もたれにかけてあったスウェットのパーカーを急いで頭からかぶるものの、まだ外に出られる格好ではなかった。

「え、僕が出ていいの？」

「だいたい、誰かわかってるから大丈夫です」

私の言葉に小さく頷いて俊介さんは玄関へ。その間に、私は下にもきちんと昨夜のスカートを穿《は》いた。

「はい？」

「わっ、男!?」

俊介さんがドアを開けた途端、弟、晴人の素《す》っ頓狂《とんきょう》な声が響いた。

「……やっぱり、あんた？」

私も遅れて、玄関に顔を出す。

「つ、ついに姉ちゃんにも男が……なんか、部屋も綺麗になってるし」

晴人は身を乗り出して、私たちの間から部屋を見回した。

「ちょっと、余計なこと言わないでよ」

ただでさえ料理ができなくて、俊介さんには女子力があまり高くないことを知られているのに、これ以上低いとバレてしまうのはあまりにも危険だ。

内心かなり動揺していると、俊介さんが眉をひそめて私を見た。

「誰、この男の子？　もしかして、真奈美の浮気相手とか？」

「えっ」

「違います。初めまして。俺、弟の晴人です」

姉弟で目を丸くすると、俊介さんは笑いながら頭をかいた。

「あっ、そうなんだ。ごめんね、てっきり……」

「今、この子、私のことを『姉ちゃん』って呼びましたよ？」

私が笑って言うと、俊介さんも苦笑いを浮かべた。

「いや、何かの勧誘で断ってほしいのかなと思って出たら若い男の子で、僕のこと見て驚いてたから。僕もびっくりして、全然声が耳に入ってこなかったんだよ。初めまして。平岡俊介です」

「じゃあ、本当に姉ちゃんの彼氏……ですか？」

「うん……あ、そうだ。良かったら、お姉さんのことをいろいろ教えてもらえないかな？」

「はい、良いですよー。俺で知ってることで良ければ」

晴人が笑顔で頷くと、本人を差し置いて、俊介さんもにこやかな表情で質問を始める。

「ありがとう。それじゃあ、お姉さんって昔からモテた？　元カレとか見たことある？」

「俊介さん、何聞いてるんですか！」

予想外の質問に私は驚いたけど、俊介さんは至って真面目な顔で私の方を向く。

「こういうのって、本人から聞くより親しい人間から聞いた方が確かだと思うから。真奈美に悪い虫がつかないように、知っておかないとね。そうだ、結局、今井さんとはどうなったの？」

「え、あ……お断りしましたけど」

「そっか、ちゃんと振ってくれたんだね。言っておくけど、もう今井さんと会ったりするのはなしだからね？　友達関係を続けるとかそういうのはやめてほしい」

「今井さんとは、もうレッスンでしか会いません」

「あっ、そうだ。まだレッスンがあったね……」

心底憂鬱《ゆううつ》そうな顔をする俊介さんのそばで、晴人がまた目を真ん丸にしている。

「今井さん……？　振ったって、姉ちゃんが？　えっ、うそ！　姉ちゃん、何モテてんの!?」

「ま、まあね……」

「そういうことだから協力をよろしく頼むよ。晴人君」

「わ、わかりました。任せておいてください！」

爽やかに微笑む俊介さんに、ドンと自分の胸をたたく晴人。
そんな二人を目の前にして、頭を抱えるしかない私だった。

おいしい結婚の仕方

一月末の月曜日。一段と寒さが厳しく冷え込む中で行なわれた、基礎コース最終回のテーマは中華だった。

調理を終えて、それぞれの調理台に天津飯《てんしんはん》や麻婆豆腐《マーボーどうふ》、卵スープが並ぶ。みんなが試食していると、俊介さんが前に立ち声をかけた。

「みなさん、お疲れ様でした。今日で基礎コースは終わりますが、いかがでしたか？少しでもみなさんにとって得るものがあったらいいんですが。これからも楽しく料理に励んでくださいね」

それは俊介さんらしい、控えめな締めの挨拶だった。

「私、応用コースのレッスンを受けてみたかったです」

優希ちゃんの申し出に、俊介さんは申し訳なさそうな顔を向ける。平岡料理教室は急《きゅう》遽《きょ》、来月に閉めることが発表されたばかりだった。

「どうして急に辞めてしまうんですか？」

今井さんの質問に、俊介さんはさらっと言う。

「恩師からのすすめもあって、海外留学することになりまして」

「えっ、海外に？」

「まあこの歳で留学というのも何ですが、修業と言いますか、見聞を広めてまた帰国後にそれを活かせればと思っています」

「じゃあ、帰国後に教室を再開する予定は？　私も応用コースのレッスンを受講するの、検討していたんですけど」

優希ちゃんだけでなく橋本さんも継続希望だったとはみんな熱心だな。俊介さんの指導が上手というのもあるだろうけど。

「申し訳ありません。正直、海外へ行く期間も明確には決まってないので、まだ帰国後のことははっきりとは決めていません。何かしら料理の仕事には就くつもりですが、もう一度教室を開くかどうか、お約束することは難しいですね」

「それでもいいです。また教室を開く時には知らせてくれませんか？」

「ありがとうございます。ぜひ喜んで」

橋本さんの言葉に、「私も」「オレも」とみんなが続いた。俊介さんは大人気のようだ。

「海外ってどこへ行くんですか？」

優希ちゃんの質問に俊介さんが詳しく答え始めると、今井さんがちらりと心配そうな目を私に向けて近寄ってきた。

「ねえ、真奈美ちゃん。お前には関係ないって言われそうだけど、気になるから聞いてもいい？」

「そんなこと言いませんよ。今井さんにもたくさんお世話になったので」

「じゃあ、平岡先生とはどうなった？　海外行くって言ってるけど……」

今井さんが心配そうに聞いてくる。

今井さんとは結局、ほとんど連絡を取らなくなっていたけれど、私のことをいろいろと気にかけてくれていたみたい。

「おかげさまで……私、一緒についていくことにしました」

「えっ！」

今井さんが大きな声を上げたので、教室中の視線を集めてしまった。俊介さんは何も言わなかったけど、眉をひそめている。

「ははっ、すみません。何でもないです」

「ふふっ、今井さん。声が大きいですよ」

私が笑ってたしなめると、またすぐにみんなの視線は外れていった。

「ねえ、真奈美ちゃん。オレって、平岡先生に嫌われてる？」

そんな中、声を潜《ひそ》めて尋ねてくる今井さん。どうやら俊介さんが険しい表情をしているのに気づいた模様。

「嫌われてはいないと思いますよ。ただ、要注意人物だって思ってるかな」

「はは、なるほどね。でも、そうなんだ。真奈美ちゃんも一緒に海外へ？　それって……」

「プロポーズを受けることにしました」

きっぱりそう告げると、今井さんは驚きながらも満面の笑みを浮かべる。

「急展開だねー。平岡先生に振られたって言ってなかった？」

「ああ、そうでしたね。いろいろあって遠回りしちゃって。でも、結局は……。その節《せつ》はお騒がせしました」

苦笑する私に、今井さんは優しい瞳を向けてくれた。

「そっか、良かったね。でも、思い切ったな」

「よく考えて決めました。私にとって大切なのは、平岡先生と一緒にいることだって気づいたから」

「そう。オレも、真奈美ちゃんの幸せ、祈ってるよ。それで、いつから行くの？　海外ってどこに？」

「三月の頭から、イタリアとフランスに。私は語学のレッスンを受けながら、当分の間、書籍の仕事を在宅でさせてもらう予定です。その後は、フリーでできる仕事を探そうかと」

俊介さんは日常会話程度なら、イタリア語もフランス語も問題ないそうだ。イタリア語のレッスンと並行して最初の一ヶ月間、イタリアの家庭料理を習う。次の三ヶ月間を料理学校で学び、それからレストランでの修業に入る予定と聞いている。その後、時期を調整してフランスへ。何でもフランスには料理の一流講師がいるらしく、その人に指導の仕方を教わるのだとか。

「へえ、イタリアとフランスか。真奈美ちゃんもさすが、頑張るね。応援してるよ。君が元気で楽しく暮らせるように」

「ありがとうございます、今井さん」

私と今井さんが笑みを交わしていると、そこへ珍しく松林さんが寄ってきた。

「ほら、早く食べてしまわないと。教室、閉めちゃいますよ？」

「おっと、ごちそうさまでした！　じゃあ、食器洗ってくるよ」

見れば、いつの間にか今井さんは完食してしまっている。私もさっさと残りを食べてしまおうと箸を手にしたら、松林さんが小声で話しかけてきた。

「倉本さん、平岡さんから聞いたわ。おめでとう、良かったわね」

そう話す松林さんは余裕すら感じさせる、大人の微笑を浮かべていた。

「じゃあ、お先に失礼しますね。お疲れ様でした」

後片付けを終えて他の生徒が帰った後で、松林さんも丁寧に頭を下げて教室を出ていく。

「えっと、俊介さん。基礎コースのレッスン、今までありがとうござ……きゃっ」

二人きりになったところで改めてお礼を伝えようとしたら、突然俊介さんに抱きすくめられて、思わず声を上げた。彼のたくましい腕はがっしりと私を捉《とら》えて、離してくれそうにない。

「真奈美もお疲れ様。それより……」

「……？　俊介さん？」

驚いて見上げると、俊介さんはどこか怖い笑顔をして私を見つめている。

「さっきは今井さんと何を話してたの？」

「えっ？　何って……」

私が答えるより早く、俊介さんが私を抱きしめる腕に力を込めた。少し痛いくらい。

「今井さんと話してる時の真奈美の顔が可愛かったから、ちょっと妬《や》いた」

俊介さんは相変わらずヤキモチ妬きだ。それは半分うれしく、半分は困ってしまう。

「え、ただ報告してただけですよ？」

「何の？」

「もちろん、俊介さんとのことです。私も海外についていきますって」

「あ、そうなんだ。僕とのこと……」

脱力したように、俊介さんが苦笑した。

「はい。今井さんも良かったねって言ってくれました。私の幸せを祈ってるって」

「幸せを祈ってる、か……。やっぱり妬《や》けるな」

「え、そうですか?」

「うん、真奈美の幸せを祈ってるのは僕だけでいいのに」

まるで子どもが駄々をこねるように呟いて、俊介さんが私の肩にあごをのせる。

「ふふっ、私はうれしいけどな。たくさんの人に祈ってもらった方がもっと幸せになれそうじゃないですか?」

「ははっ、欲張りだね。真奈美は」

「う～ん、そうかも」

私が笑うと、ふいに俊介さんが顔を覗き込んできて心臓が跳ねた。

まだ全然、こういったシチュエーションには慣れていない。

そのまま息がかかってしまいそうな至近距離で囁《ささや》かれる。

「でも、他の人が祈る必要もないくらい、僕がこの手で真奈美のことを幸せにするからそれで満足して?」

「俊介さん……。はい、わかりました」

私が素直に頷くと、俊介さんはふっと微笑んで「そうだ」と呟いた。

「その証《あかし》を用意するから、少し待ってて」

「……証？」

「うん。さあ、早くここを片付けて真奈美の家に行こうか？」

まだ首をかしげている私の背中を、まるで待ちきれないとでも言うように俊介さんが押す。私の横顔に小さなキスを落とし、彼は笑った。

＊　＊　＊

二月初旬、料理教室のある駅から電車で一時間強の場所にある私の実家へ、俊介さんがあいさつしに来てくれた。午後、両親と一緒にリビングのテーブルを囲む。

「僕の都合で急な話になってしまいますが、どうか僕と真奈美さんとの結婚をお許しいただけませんでしょうか？」

俊介さんは、私の両親にもまっすぐな瞳で誠実に向き合う。

「確かに急な話だね。だけど、真奈美が決めた人なら……」

「でも、海外よ。そんな、一ヶ月後にはもう発《た》つだなんて、いくら何でも急すぎない？」

父は渋々ながらも賛成してくれているようだけど、母は苦い表情を浮かべている。

「お母さん、お願いします。よく考えて決めたことなの。仕事も続けるからちょくちょく帰国すると思うし、その時にはちゃんとここに顔を出すようにする。なるべく心配かけないように頑張るから」

私が必死で言い募《つの》ると、父が大きく頷いた。

「真奈美がここまで言ってるんだ。どうだ？　俊介さんは悪そうな人には見えない」

「まあ、俊介さんの人柄はね。だけど、じゃあ籍や式はどうするつもりなの？」

「今は婚約だけを済ませて、入籍は落ち着いてから。式はまだどうするか考えてなかったけど、それからで……」

俊介さんも私も渡欧《とおう》する準備で慌ただしく、正直それどころではない。

まあそんな言い方をしては両親の機嫌を損ねてしまいそうだけど。

「真奈美、海外についていくのなら、今、籍を入れなさい。その覚悟がないのなら、一緒に行くべきじゃない」

近頃、恋人といられる幸福感で、どこか地に足が着いていなかったかもしれない。そんな私を諭《さと》すように母はピシャリと言いつけ、強い意志を込めた瞳で私たちを見つめた。

「ああ、そうだな。俺もそう思うよ」

母の剣幕に少々圧倒されながらも、父が頷く。それを聞いた俊介さんは、負けじと力強く頷き、口を開いた。

「……おっしゃることはもっともだと思います。発《た》つ前に入籍します。ね、真奈美。そうしよう」

「わかりました。入籍したら、またその時に改めて報告します」

「ええ。その気持ちがあるなら、もう反対しない。しっかりとやりなさい。式のこともきちんと二人で考えるのよ。いい？　向こうではちゃんと妻という自覚を持って俊介さんを支えなさい」

「はい」

母自身の経験を語るかのような重い言葉に、私も深く頷いた。俊介さんも何か思うところがあったのか、いつも以上に落ち着き払った態度だ。

彼の横顔は、近い未来を強い眼差しで見据えているように見えた。

「あー、緊張した」

私の実家を後にしてから、俊介さんがぽつりとこぼした。頬が緩《ゆる》んだその表情には、確かにはっきりとした安堵が感じられる。

「えっ、緊張したって私の両親に会うのが？」

「もちろん。どうしてそんなに驚くの？　お義母《かあ》さんに反対されそうになった時は、さすがにひやひやしたよ」

「涼しい顔してたから、そんな風に思ってるとはさっぱり」

いつも冷静な印象の俊介さんだから、彼でも緊張することがあるんだなんて少し驚いてしまった。

「いや、それは緊張して顔が固まってただけ」

「ふふっ、そっか。俊介さん、両親に会ってくれてありがとうございました」

「いえいえ、どういたしまして。明日は真奈美が僕の両親に会ってくれる番だね、よろしく」

「はい。あー、私もドキドキしますね」

「平気だよ。二人とも優しい人だから。ほら、肩の力を抜いて」

俊介さんが笑って、私の両肩に手を置く。

「うーん、優しい方でもやっぱり俊介さんのご両親は特別だから、リラックスするのは難しいですよ」

「だからって、今から身を硬くするのはちょっと気が早いよ」

そんなことを話しながら駅前まで来た時、俊介さんが私の顔を見て切り出した。

「今日はまだ時間いい？　一緒に行きたいところがあるんだけど」

「大丈夫だけど……どこに？」

「それは着いてからのお楽しみってことで」

俊介さんは小さく含み笑いをして私の手を取ると、改札を抜け、ちょうどやって来た電車に乗り込んだ。そうして、いつだったかアイラデザインの人たちと飲み会をしたターミナル駅で、私たちは途中下車する。

「こっち。すぐそこだからついてきて」

駅を出ると、俊介さんは微笑みながら私の手を引き歩いていく。その足取りはとても軽やかで表情も穏やかだ。

その言葉通り、駅前の路地を一本入ったところで俊介さんが立ち止まる。見上げると、それはコンクリートの打ちっぱなしに大きなガラス窓がはめ込んである一軒の建物だった。

「着いたよ。ここに連れてきたかったんだ。さあ、入って」

「いらっしゃいませ」

中に一歩足を踏み入れた途端、何のお店かすぐに気づいた。

「えっ、ここって……！」

思わず声を上げてしまった私を、俊介さんは少し照れくさそうに見つめている。ずらりとショーケースの並ぶ店内、さらにその中には小さな石たちが並び、上品な輝きを放っていた。間違いなくジュエリーショップだ。

「そう、婚約指輪。ほら、真奈美のことを幸せにする証《あかし》を用意するって言ったよね」

「あ、証って……指輪のことだったんですね」

「うん。だけど、僕が勝手に決めてしまうより二人で決めた方がいいかなと思って、今日一緒に来てもらったんだ。結婚指輪も選ぼう。もう候補はいくつか挙げてあるから」

「えっ、事前に俊介さんが一人で選んでくれたんですか？」

「うん。僕なりに真奈美に似合いそうなのを見立ててみた」

俊介さんだって留学準備で何かと忙しいはずなのに、私のために時間を割《さ》いてくれたなんて。

「予約をしていました、平岡です」

「お待ちしておりました。さあ、どうぞこちらへ」

女性の店員にすすめられ、ショーケースに対面する椅子に俊介さんと並んで腰かける。

「少々お待ちください。すぐにご準備いたします」という言葉の数分後、私の目の前にはグレーのケースが置かれ、そこに四つの指輪が並べられた。

「僕が選んでみたものなんだけど、真奈美が身につけるものだから。この中から選んでくれてもいいし、他のものでも……」

「ううん、この中から決めます。せっかく俊介さんが選んでくれたから」

「そう？　でも正直、いまいちセンスに自信ないよ？　真奈美が本当に気に入ったのを選んでくれればいいから」

珍しく気弱な微笑を浮かべる俊介さんに頷きながらも、私は早速目の前の指輪に手を伸ばす。

「どうぞお手にとってご覧ください」

一目で気に入ったのは、左から二番目。S《エス》字ウェーブで立て爪のリング。さほど大きくはない一粒のダイヤが付いた、シンプルで上品なものだった。

「これ、綺麗」

自分の指につけても、とてもしっくりくる。

「本当に？　実は僕もそれが一番似合うと思ってた。可愛すぎず、かといって大人びすぎず、凛《りん》とした印象が真奈美に似てると思って」

私の言葉に、俊介さんがうれしそうに笑う。どうやら、私は俊介さんの「当たり」をズバリ引き当てることができたらしい。

「凛とした印象？　私、そういう感じですか？」

「うん。ご不満？」

「いえ、どちらかと言えばうれしいです」

微笑んでそう言ったのに、なぜか俊介さんは少し考え込んでしまった。

「そっか、どちらかと言えば、か。安心して。凛としたところだけじゃなくて、真奈美の可愛いところもちゃんと僕は知ってるから」

「えっ」

「そうやってすぐに顔を赤くするところも可愛いし、僕の作った料理をおいしそうに食べてくれるのも無邪気で良いと思ってる」

「な、何言って……っ、店員さんもいるのに」

にこにこ笑いながらさらっとそう話す俊介さんに、私はすっかりうろたえてしまう。

「ああ、そうでした。すみません」

「いえ、仲がよろしくて羨《うらや》ましいです」

オホホと店員は何でもないように笑うけど、私は顔から火が出そうなくらい恥ずかしくなった。俊介さんは、普段はクールでどちらかと言えば硬派な印象なのに、時々、こちらがびっくりするようなことを素面《しらふ》で言い出すから困ってしまう。

「と、とにかく。俊介さんが一番気に入ってくれてるなら、なおさら私も気に入りました。だから、これが良いです」

「えっ、もう？　もっとゆっくり見なくていいの？」

俊介さんは拍子抜けしたように目を丸くしている。

「はい。俊介さんが私に似合うって言ってくれたから、やっぱりこれが良いです」

「そっか。じゃあ、結婚指輪も選ぼうか」

「それでしたらお客様、その婚約指輪に重ね付けできるセットの結婚指輪がございます。すぐにお持ちします……」

店員さんがそう言って、横に並べて見せてくれる。男性用女性用ともにS字《エス》ウェーブで、真ん中に小さな石が一つ埋め込まれているデザインだった。

「あ、シンプルで綺麗。男性用の指輪は……黒い石？」

「そうなんです。黒のダイヤを一石、これは女性用も同じですが、彫《ほ》り留《ど》めという手法で入れております」

「へえ、かっこよくて良いですね。俊介さんに似合いそう。つけてみてください」

「うん、……こんな感じかな」

「あっ、素敵。俊介さんの細長い指に華奢《きゃしゃ》なリングがよく似合ってますね。黒のダイヤがさり気なくおしゃれで。私も……ほら」

二人で試しに指輪をつけて、手のひらをかざして並べてみる。だけど、やっぱりこうしていることが慣れなくて、どこか現実味がなく、照れ隠しに微笑んでしまった。

「うん、いいね。もっと時間がかかるかと思ってたけど、もう決めちゃおうか？」

「はい、これ以上のものはなさそうです」

「では、このセットをお願いします」

「ありがとうございます。ただいま、注文用紙のご用意をいたしますね」

店員が笑顔で店の奥に消えていき、二人きりになると思わずまた笑みが漏《も》れた。

「俊介さん、本当にうれしいです。ありがとうございます」

私の笑みに頷いて、俊介さんは私の左手に自分の左手を重ね、そっと上から握った。

私たちの指の上で、三つのダイヤがそれぞれきらめきを放っている。

「僕の留学が終わったら、式もちゃんと挙げよう。ご両親の希望でもあるし、僕も真奈美のウェディングドレス姿が見たいから」

「俊介さん……。私も見たいです、俊介さんの白タキシード姿」

「あ、やっぱり白じゃないとだめかな？　ちゃんとかっこよく着こなせるか心配なんだけど」

「えっ、そんな心配を？　大丈夫ですよ。きっとかっこいいですから。だから、見たいっていう私の願望、叶えてくれますか？」

「わかった。チャレンジしてみるよ」

「ふふっ、楽しみにしてます」

何もかも急に決めて、現在進行形でドタバタと慌ただしく準備を進めている私たちの結婚。不安が大きいのは当たり前だけど、でもそれ以上に、これからの未来に大きな期待やときめきを感じている。俊介さんの隣をずっと歩けるのなら、私の人生はきっと幸せに満ちあふれたものになるだろう。

その翌日、俊介さんの実家へ、二人でうかがった。

「せっかくなら、一緒に食事しましょう」と言われ、約束の時間は正午。

俊介さんの実家は和風の上品な戸建てだった。着くなり、俊介さんが引き戸の横にあるインターフォンに手を伸ばそうとするから、私は慌てて止めた。

「ま、待ってください！」

「何？」

「やっぱり、今日の服装おかしくありませんか？　手土産《てみやげ》、洋菓子じゃなくて和菓子の方が良かったかな……」

すがるように俊介さんを見上げると、彼は声を出して笑った。

「真奈美って本当に面白いね」

「えっ？」

「真奈美のことだから、今日もビシッと決めてくれるだろうと思ったら、うろたえてるから」

「う、うろたえるに決まってますよ。本当はビシッと決められたらいいけど」

「かっこつけなくても、そのままのあなたで大丈夫だから……って言ったよね？」

お互いの両親にあいさつに行こうという話が出てから、俊介さんは私を安心させるようにそう言ってくれていた。

「そのワンピースも清潔感があって真奈美によく似合ってるし、お土産《みやげ》だって、うちの両親は甘党だから洋菓子でも和菓子でも喜ぶよ。だいたいそのお菓子、一緒に選んで決めたでしょ？」

「そ、そうなんですけど」

二人で百貨店を歩いて回り、俊介さんの意見を参考に、お義母《かあ》さんが好きだという店のフィナンシェとマドレーヌのセットにしたのだ。

「大丈夫。僕が気に入った人なら、両親もきっと好きになってくれるから」

俊介さんの言葉と微笑に後押しされ、私は小さく頷いた。

「俊介、お帰りなさい」

出迎えてくれたお義母さんは小柄で穏やかな人だった。

「あの、初めまして。倉本真奈美と申します」

「遠いところ、よく来てくれたわね。さあ、上がってちょうだい。寒かったでしょう。お父さん、いらっしゃいましたよー！」

「もう、母さん。そんなに大声出さなくても、小さい家なんだから聞こえるよ。僕の方が恥ずかしいんだけど」

俊介さんは頭を抱える。朗《ほが》らかで優しそうなお義母さんに私の緊張が少しほぐれた。

「これ、お口に合うと良いのですが、甘いものがお好きだと聞きましたので」

家に上がりお義父《とう》さんにもあいさつした後、手土産を差し出した。

「ああ、母さんの好きな店のですよ。丁寧にありがとう。さあ、座って」

「失礼します」

お義父さんは大柄で、俊介さんによく似た紳士的な人だった。

すでに食事の用意がしてあるテーブルに私と俊介さんが座ると、お義母さんが温かいお茶を運んできてくれた。

「さあ、話を聞こうか」

彼のご両親が私たちと向かい合って座る。

いきなり？　と焦ってしまう私を横目に、俊介さんが冷静に話し始める。

「真奈美は、僕の料理教室の生徒だったんだ。最初は、親密になるつもりはなかったんだけど、教室の外で偶然会って、それから一緒に食事に行くようになって。すぐにこれからの人生を一緒に歩いていきたいと思うようになった。僕に留学の話が出たせいで慌ただしくなってしまったけど、彼女も僕について来てくれると言ってる。だから、真奈美と結婚したい。渡欧《とおう》する前に、籍を入れたいと思ってる」

俊介さんが話し終え、私も拳《こぶし》を強く握り締めながらおずおずと口を開く。

「あの、まだまだ未熟ですが、俊介さんを支えていきたいと思っています。どうぞよろしくお願いします」

深く頭を下げると、すぐにお義母《かあ》さんがふわりと微笑む気配がした。

「こんな子でいいの？　いきなりイタリアへ行くとか言ってるけど、きっと苦労させられるわよ？」

「俊介さんと一緒にいられるなら、私、頑張ります。彼と一緒にいたいんです」

「そこまで言ってくれるなら、こちらこそよろしくお願いします」

ご両親が声をそろえて私に頭を下げてくれた。

「さてと、堅苦しい話はこれで終わり。ご飯にしましょう？　お腹が空いたわねー」

お義母さんは空気を変えるように明るく言って席を立つと、台所に向かう。

私は少し拍子抜けしてしまった。こんなにもあっさりと話が済むとは思ってなかったから。

台所から物音が聞こえてきてハッとし、私も慌ててお義母さんの後をついて行った。

「あの、何かお手伝いすることはありますか？」

「あら、ありがとう。でも、いいから座っててちょうだい」

「でも、お食事をごちそうになるので……」

「俊介の海外行き、急なことだから支度で忙しいでしょう？　今日くらい、ゆっくりしていってちょうだい」

「ありがとうございます。では、お言葉に甘えます」

食卓には天ぷらや蒸し鶏、里芋の煮物など、和食がずらりと並んだ。

「さすが俊介さんのお母さん、お料理すっごくおいしいです」

「そう？　良かった。小さい時から、いっつも台所に立つ私の回りをうろちょろしてたけど、料理関係の仕事に就くって聞いた時はびっくりしたのよ」

お義母さんはお茶を口にしながら、おっとりと話す。天ぷらを食べていたお義父《とう》さんが俊介さんに声をかけた。

「俊介、イタリアではどんな生活になりそうだ？」

「渡欧《とおう》してしばらくは家庭料理を勉強するから、最初の一ヶ月は地元で評判の料理上手な家庭にお世話になるよ。イタリアの文化や生活なんかも勉強できればと思ってる」

「そうか。真奈美さんにあまり迷惑をかけるんじゃないぞ」

お義父さんの言葉に苦笑し、俊介さんが頷く。

「気をつけるよ。そうだ。真奈美のご両親が、できれば二人にも会いたいと言ってるんだけど、来週末はどうかな？」

「ええ、私たちもお会いしてきちんとごあいさつしたいわ」

「そうだな。都合は先方様に任せるよ」

ご両親の返事に、私が頷いた。

「ありがとうございます。両親に相談してみます」

「こちらこそ。また連絡をください」

しばらくして場も和《なご》んできた頃、俊介さんに頼まれて私は追加のビールを台所に取りに行った。

「ねえ、聞いてもいいかしら？」

ビールを冷蔵庫から出す前に、お義母《かあ》さんが微笑んで尋ねてくる。

「はい、何ですか？」

「俊介のどこが良かったの？」

「えっ！」

予想外の質問に顔が熱くなるのを感じていると、お義母さんがまた笑みを深める。

「どちらかと言うと、俊介の方があなたにべた惚《ぼ》れって感じなのかしらね」

「そ、そんなことは……」

どうだろう。二人とも同じくらい好きでいられるのが理想だけれど。

「だって俊介、電話で話してたわよ。真奈美さんがどんなに良い人かって」

「そうなんですか？」

まったくの初耳だった。

「メールで写真も送ってきてくれてね。しっかりしてるけど、可愛らしさもあわせ持った人なんだって。今日お会いして、そのことがよくわかったわ。私たちはあなたたちの結婚に賛成というか、応援してるから。困ったことがあったら何でも言ってちょうだいね」

話があんなにスムーズに進んだのは、俊介さんが前もって私のことをご両親に話してくれていたおかげらしい。

「お義母さん……、ありがとうございます」

思いがけず優しい言葉をかけられ、涙腺が緩《ゆる》みそうになった。

「慣れない海外生活は本当に大変だと思う。よく決意してくれたわね、ありがとう。俊介のことなら、あなたのお母さんより私の方が力になれることもあるかもしれない。そんな時にはいつでも話を聞くから言ってね」

「はい、ぜひよろしくお願いします」

私の力のこもった返事に、お義母さんは笑った。

その帰り道、俊介さんは私の肩を軽くたたいて微笑んだ。

「ね、大丈夫だって言ったでしょ？」

「はい。本当に良い方たちでした」

俊介さんのご両親と実際に会って食卓を囲み話ができて、ようやく俊介さんとの結婚を実感できた、そんな気がする。

＊　＊　＊

それから、渡欧《とおう》する準備に追い立てられる日々が続いた。その合間に両家顔合わせの食事会も滞《とどこお》りなく済ませ、俊介さんと会ったり実家に帰ったりしている間に三月に突入し、いよいよ出発が数日後に迫ってきた。

そんなある日の午後、私たちは再びジュエリーショップに赴《おもむ》いた。

「平岡様。こちら、出来上がりましたよ」

注文した婚約指輪と結婚指輪が仕上がったのだ。

「わあ、やっぱり綺麗」

「真奈美、左手貸して」

「えっ？　あ……」

私が言われた通りに左手を差し出すと、俊介さんは早速、薬指に結婚指輪と婚約指輪をつけてくれた。

「わあ、ありがとう。じゃあ、俊介さんも左手を貸してください」

「はい」

微笑んで差し出された俊介さんの左手薬指に震える指で結婚指輪をそっとつけた。

「これ、緊張しますね……」

「何言ってるの。今のはまだ練習。本番は結婚式だよ」

「あ、そうか」

悪戯《いたずら》っぽく笑う俊介さんに、照れた笑みを返した。

「この指輪、ずっと大切にしますね」

俊介さんが私のことを幸せにしてくれる証《あかし》が、私の指の上で光り輝いている。そう思ったら、何とも言えない幸福感が私の身を浸した。

「うん。僕は仕事柄、ずっとつけていることはできないけど、大事にするから」

「何だかこう毎日いろいろ準備していると、少しずつ結婚に向けて進んでる感じがしますね」

「ああ、そうだね。出発まであと少しだし。さてと、それじゃあ、今日一番のメインイベントに行こうか？」

「メインイベント……、はい」

少し緊張した面持ちで私は俊介さんに頷いた。

お互いに真新しい指輪を身につけたまま、向かったのは市役所だ。

「これ、お願いします」

「はい、確かに受理しました。おめでとうございます」

職員は無表情で婚姻届《こんいんとどけ》に目を落としたまま、早口にそう言い、さっさと別の職員に渡した。

「えっ、これだけ？」

思わず声に出してそう言ってしまった私を見て、俊介さんが笑う。

「こんなものだよ。でも、これで晴れて……僕たちは夫婦になった」

「はい」

まだ実感が湧かないけど、正式に結婚したという事実を少しでも噛み締めるようにゆっくりと頷いた。

「これからも、ずっとよろしくね。真奈美」

「こちらこそ、よろしくお願いします」

背筋を伸ばして頭を下げる。俊介さんは微笑んで私の頭を優しく撫でた。

「それじゃあ、改めて結婚おめでとう。乾杯！」

「ふふっ、自分で言ってる。乾杯」

その日の夜、俊介さんの自宅で私たちはコツンとシャンパングラスをぶつけ合った。

ダイニングテーブルには俊介さん特製のローストビーフやコーンクリームシチュー、

ポテトサラダが並ぶ。彩《いろど》りを添えるいくつかのピンチョスや、デザートのケーキは私も手伝った。

「あー、やっぱり俊介さんのお料理、おいしい」

「そう言ってもらえて光栄です。真奈美が作ったこのカプレーゼとミニタルトもおいしいよ」

「ふふっ、何か幸せですね」

「ん？」

「一緒においしいもの作って、それを一緒に食べて。そんな夫婦ってうれしい」

「そっか、僕も同じことと思ってたから、真奈美もそう感じてくれてうれしいよ。ねえ、こっちに来て」

「えっ、あ……」

ふいに椅子ごと引き寄せられ、俊介さんと肩を触れ合わせて座る。

「これから先、ずっとこうして真奈美と歳を重ねていきたい。何も特別なことはなくていいから、毎日の当たり前のことを幸せだって感じられるような」

俊介さんの優しい瞳に、私も微笑んで答える。

「はい、私もそう思います。俊介さん、長生きしてくださいね？」

「えっ？」

「だって、俊介さんの方が年上だから。女性の方が平均寿命も長いし。少しでも長く俊介さんと一緒にいたいです」

「わかった。じゃあ、健康に気をつけます」

二人で小さく笑い合って、唇を触れ合わせる。そのまま何度かキスし合った後、私は唇を離そうとした。しかし、それより先に俊介さんが私の後頭部を押さえ込み、唇を強く押し当ててきた。

「んっ……！」

逃れようとしたのにかなわない。私がもがき唇を薄く開けた隙に、彼は舌を滑り込ませる。舌を絡め取られ、しばらく口腔《こうこう》内をなぶられた。

私の身体から力が抜けた頃、ようやく俊介さんが私の唇を解放する。

「はぁっ……俊介、さん？」

息を乱しながら見上げると、私をまっすぐに見つめるその瞳にはすでに情欲の色が見え隠れしている。

「キスしてたら止まらなくなった。ご飯は後にして、先に真奈美をもらってもいい？」

「……っ、シチューが冷めますよ」

「また温め直せばいいよ。ほら、こっち……」

「あ……」

俊介さんに腕を引っ張られ、寝室に連れていかれる。抗《あらが》おうと思えばきっと抗えるはずなのに、私も先ほどのキスに骨抜きにされてしまったのかもしれない。俊介さんの腕を振りほどくことができない。

ベッドに座らされた私に俊介さんが覆いかぶさってくる。同時に再びキスされながら押し倒された。

力強く身体を抱きしめられ、私も俊介さんの背中に腕を回す。

抱き合った瞬間、たまらなく幸せだと思った。

「そういえば、初夜だね」

「あっ、そうですね……」

見つめ合いながら、二人で小さく笑い合う。

「今日から、もう真奈美は僕だけのものだから」

「俊介さん……、好きです」

「僕も好きだよ、真奈美」

私の首筋に口づけを落として、俊介さんが甘く囁《ささや》く。指輪をはめた彼の指先が私の身体中に触れる。私はどこまでも蕩《とろ》けそうになっていく。

その日の夜はいつもより焦《じ》らし気味に、たっぷりと丁寧に愛された。彼の想いを実感し、泣いてしまいそうになった。

こうして、この先もずっと彼の愛に触れていたい。そうすれば、きっと私は強くなれるだろう。それが私の何よりの原動力だから。

書き下ろし番外編

おいしい新婚生活の始め方

　イタリアに発《た》つ日の朝、目覚まし時計が鳴る前に目が覚めた。昨夜も真奈美を抱いた後、妙に目が冴えてなかなか眠れなかった。

　今日から僕のヨーロッパ留学、そして真奈美との本格的な新婚生活が始まる。

　隣を見ると、カーテンの隙間から漏《も》れる朝日に照らされて、真奈美がまだ寝息を立てている。三月の初旬、晴れてはいるようだけど、今朝は少し肌寒い。

　目を閉じている彼女はいつもより無垢《むく》な表情をしている。その寝顔にしばし見とれ、そっと額に唇を寄せる。まったく気づきもせず眠り続ける彼女に、思わず笑みが漏れた。

　真奈美と出逢ったのは、昨年の十一月だ。あれからまだ四か月しか経っていないことに、我ながら驚く。あの頃は留学するつもりもなければ、結婚どころか恋人を作る気さえなかった。

　自分の身を置く環境が一気に変わったことに、自分でもまだ頭が追いついていない。それでも、今日から愛しい人と一緒に新たな道を歩んでいく。人生を楽しみながら——。

その覚悟はもうできているつもりだ。

最初、僕は真奈美のことをただ綺麗な人だとしか思っていなかった。自立した、隙のない大人の女性なんだろうと。そんな彼女に興味を持ったきっかけは、偶然合コン帰りの真奈美に出くわした時だった。

馴《な》れ馴れしい男の声の合間に、まるで震えているようなか細い声が聞こえてきて、思わず彼女の身体を強く引き寄せていた。

「は、恥ずかしい。こんな風になるなんて、本当に自分が情けないです」

その夜、彼女への印象がガラリと大きく変わった。隙がないんじゃない。真奈美は少しの隙さえ見せるのを怖がるような、気弱で実に可愛らしい女性なんだ。

そう気づいた時、僕は彼女がどんな人なのかもっと知りたくなった。

その翌週、さらに真奈美の素顔を垣間見る機会が訪れた。

それは、居残りレッスンでカツが焦げてしまった時のこと。予想外にも、その場で彼女が泣き出したのだ。

それだけでも、僕にとっては大きな驚きだったのに。真奈美の背中をゆっくりさすると、普段は強がっているのだろう彼女の本音がやがてぽつりぽつりとこぼれ出した。

「私、何もできなくて、全部だめで……もうどうすればいいのかわからなくて」

小さな肩が頼りなく震え、普段の気丈な彼女とはまるで別人のようだった。しかし、これもまぎれもない彼女の姿なんだ。そう思うと、次の瞬間には愛しさが心の奥底からぐっと込み上げてきた。

こんな気持ちを抱いたのはいったいいつ以来だろう。僕にとって、それは久しぶりの感情だった。

「僕から一つ提案があります。個人レッスン、受けませんか？」

そう切り出すのに、何も迷いはなかった。

気持ちが不安定に揺れている彼女の力になりたい。純粋に願うのと同時に、彼女との距離をもっと縮めたい。そんな気持ちも共に僕の中で芽生え始めていた。

「レッスンの後は僕と一緒に食事をしてくれませんか？」

「食事を私と？　どうして？」

「理由は簡単です。あなたに興味があるから」

「えっ、どういう……」

彼女の不思議そうな顔に、断られるかもしれないという不安が生まれた。それをどうにか封印して、僕は笑みを浮かべたまま言葉を続けた。

「わかりました。倉本さんが戸惑うのも無理はない。とりあえず一度、やってみましょう」

もはや、最後は勢いのみで押し通してしまった気がする。しかし、こうでもしないといつまでも講師と生徒のまま関係は変わらない、彼女になかなか近づけないと思った。

もしかしたら、僕は心のどこかで焦っていたのかもしれない。

基礎コースのレッスンは、最初から三か月間だと決まっている。すぐに彼女との接点を失ってしまう可能性だってあったから。


お試しの個人レッスンでも、僕は着実に真奈美の人柄に惹《ひ》かれていった。

「倉本さんは意外と自分に自信がない？」

おもむろに切り出した僕の言葉に、彼女はわずかに表情を沈ませて答えたのをよく覚えている。

「はい。でも、周りにはよく勘違いされて……。なかなか見破られることはないんですけど、先生には何て言うか、情けないところを二回も見られちゃったから」

一回目は男性にからまれて上手くあしらえない彼女を、偶然通りかかった僕が助ける形になった。そして、二回目は居残りレッスンで彼女が泣き出してしまった。

「二回目は自分からばらしちゃったようなもんだし」

「後悔してる？　自分の弱さをばらしてしまったこと」

恥ずかしそうに頷く真奈美を見て、はっきりと思った。彼女のことを愛しいと――

女性に対して、これほどにも素直に好きだと感じたのは初めてかもしれない。

彼女の姿を見かけるだけで胸が弾む。笑顔を向けられれば、それだけで気持ちが晴れやかになる。涙を見ると、すぐにでもこの腕で支えてあげたくなる。気づけば、彼女のことばかり想っている。

まるで中学生男子の恋のようだと、自分で苦笑する。でも案外、純粋に人を好きになるっていうのは何歳になってもそういうものかもしれない。

終電の時間が迫ってきた頃には、気づけば彼女の酔いは思った以上に回っていた。

危うく転びそうになった彼女を、とっさに腕で抱えた。できるだけ平静を装《よそお》っていたつもりだけど、彼女の体温を間近に感じて内心、僕はかなり動揺していた。

「倉本さん。僕としてはうれしいんですけど、そろそろ行きましょうか」

「えっ？　あっ、すみません！」

「あー、自分で言っておきながら少し残念ですね」

そんな本音をうっかりこぼしてしまうくらいには。

やっぱり、こういうドキドキする類《たぐい》のものは思春期の頃とちっとも変わらない。

その翌日、自宅の最寄り駅で真奈美が見知らぬ男性に身体を支えられていたのを偶然見かけた。それは一瞬の出来事だったものの、僕の目に二人はやけに親密そうに映った。合コン帰りに彼女を目撃した時と比べて、僕は明らかにその男性に嫉妬《しっと》の感情を抱いていた。まさか、その男性が新婚だとは露《つゆ》ほども思わず。

「良かったら、僕の家で休んでいきますか？」

だから、こんな一言が自分でも驚くほど容易に口から飛び出したのだ。それでも、もちろんだいぶ逡巡《しゅんじゅん》したのだけれど。

具合の悪い彼女を心配したのも本当。しかし、それ以上にここでそのまま別れたなら後悔するんじゃないか、そんな焦る気持ちが確かにあった。

真奈美を自宅に連れ帰り、「ちょっと話を聞いてくれませんか？」と、これも勢いと衝動のままに切り出した。

細見さんというらしいあの男性の存在がなければ、きっとこんなにもスピーディーに真奈美と結婚することにはなっていなかっただろう。たまには誤解もしてみるものだ、なんて今になればそんな風に思ったりもする。

「個人レッスンを提案した時、あなたに興味があるって言いましたよね」

真奈美に向き合い、ひとつひとつ言葉を重ねていった。緊張も共に募《つの》っていった感覚を、はっきりと覚えている。

「昨日一緒に過ごしてみて、やっぱり話せば話すほどあなたのことが気になって仕方ない、もっと知りたいと思いました。倉本さん、好きです。僕と付き合ってくれませんか？」

彼女は僕からの告白を少しも予想していなかったようで、目を大きく見開いてただ僕を見つめていた。

「……ごめん、やっぱり強引すぎますか」

彼女の口からはすぐに返事が返ってこず、やはり急ぎすぎたかと一度肩を落とした。しかしその後で、真奈美は自分の気持ちを素直に伝えてくれた。僕が驚くくらい拙《つたな》く、けれど、まっすぐな言葉で誠実に。

「平岡先生のこと、私は……初めて会った時からずっと心に引っかかってたっていうか。ふとした時に、先生のことを思い出したり考えたりして……私も合コンの帰りかな？平岡先生に助けてもらって、それからもっと気になって……ひゃっ」

真奈美の気持ちを聞いているうちに、先に僕の気持ちがあふれてしまった。気づいた時には彼女を胸に閉じ込めていた。

「ごめん、ちょっとたまんなくなって。それって、僕と同じ気持ちだってこと？」

「はい。平岡先生が……好きです」

「それじゃあ、付き合ってくれますか？」

「わ、私で良ければお願いします」

そう緊張気味に発された真奈美の声を、僕はずっと忘れないだろう。

その後、真奈美が僕と松林さんの仲を誤解したり、僕に留学の話が舞い込んだりしてすれ違うことがあったのも、今となっては思い出話として二人で話せるまでになった。

そんな出来事を一緒に乗り越えて、二人の気持ちを確認し合い、今日という日を迎えることができたのだ。

「まさか、あの倉本さんと一緒にイタリアへ行くことになるとは……」

初めて教室に入ってきた彼女の姿を思い出す。

『いらっしゃい。今日からの生徒さんですね』

『あっ、はい。こんばんは』

『初めまして。講師の平岡です』

『えっ、男の先生？』

思わず微笑んだその時、真奈美が布団の中で身じろぎした。うっすらと目が開いて、僕の顔を見つめるなりふわりと顔が綻《ほころ》ぶ。

「おはようございます」

いつもとは違う少し甘い寝起きの声で微笑まれて、僕もすぐに笑みを返す。

「おはよう、真奈美」

眠そうに目をこする彼女の頬にキスをすると、急に力が入ったかのように目が大きく見開かれた。

「びっくりした」

「そう?」

くすくす笑ってもう一度僕も横になると、彼女の身体を優しく抱き寄せた。真奈美もそっとすり寄ってきては、僕の背中に腕を回す。朝の至福のひと時だ。

「いよいよ、出発の朝だね。心境はどうですか?」

少しインタビュアー気取りで、真奈美の瞳をのぞき込む。

「えっ、私? 心機一転頑張ろうって思ってますけど……、そう言う俊介さんこそどうなんですか?」

「うーん、まあ僕も同じかな。留学をしっかりと実のあるものにして、この先頑張っていかないとなって、決意しているところです」

真面目に答えながらも軽く微笑むと、真奈美は笑顔で小指を差し出す。

「二人で一緒に頑張りましょうね! 約束です」

そう言って向けられるのは、一点の曇りもない明るい笑みだ。気づけば、最近の僕はいつも真奈美の笑顔に勇気づけられている。

「ああ、そうだね」と頷き、小指を絡める。真奈美はどこか満足そうに笑みを深めると、僕の身体に抱きついてきた。

「頑張るので、もう少しだけこのままでいてもいい？」

「もちろん」と頷いて、僕も彼女の身体を抱きしめる。

触れた箇所から彼女のぬくもりが伝わってきて、思う。この愛しい人を守っていくのが、これからの僕の務めだと。

「真奈美、甘えるのが前より上手になったね？」

「そ、そういうことはわざわざ言わなくていいです。恥ずかしいから……これでも、頑張ってるつもり」

最後は消え入りそうな声で言うものだから、僕の中でまた彼女への想いが積み重なっていく。

「やっぱり可愛い」

微笑みながらのぞき込むと、彼女の顔は真っ赤だった。逃げようとする真奈美をやや強引につかまえて、唇を重ねる。その瞬間、彼女は抵抗することを諦めたかのようにおとなしくなった。

角度を変えて何度も口づけているうちに、うっかりそのまま昨夜の続きをしたくなってしまったけれど、今は我慢しよう。さすがに、今日のフライトに遅れるわけにはいかない。

僕は時計を見てから、真奈美に向き直る。

「じゃあ、あと十分このままでいよう。それから起きようか」

真奈美は嬉しそうに微笑んで、今度は彼女から僕にキスをくれた。

これから何十年と続く毎日を、こんな風に真奈美と一緒に過ごしていきたい。

これから、ますます真奈美のことを好きになっていく自信は充分にある。その度に、彼女に伝えよう。「僕はあなたを愛している」と。

恋愛小説「エタニティブックス」の人気作を漫画化!

Eternity COMICS

暴走プロポーズは極甘仕立て

原作 冬野まゆ MAYU TOUNO
漫画 黒ねこ KURONEKO

超過保護な兄に育てられ、23年間男性との交際経験がない彩香《あやか》。そんな彼女に求婚してきたのは、イケメンなものぐさ御曹司だった!? 「恋愛や結婚は面倒くさい」と言いながら、家のために彩香と結婚したいなんて! 突拍子もない彼の提案に呆れる彩香だったけど、閉園後の遊園地を貸し切って夜景バックにプロポーズなど、彼の常識外の求婚はとても情熱的で…!?

B6判　定価：640円＋税　ISBN 978-4-434-24330-1

潤《じゅん》は学園青春ものが得意な女性ドラマ脚本家。ある日、大人のラブストーリーの依頼を受けるも恋愛経験が乏しい彼女には無理難題！　困った潤は、顔見知りのイケメン・ホテルマン、日向《ひゅうが》をモデルに脚本を書くことを思いつく。しかし、モデルにさせてもらうだけのはずが、気付けば彼から“大人の恋愛講座”を受けることに！　その内容は、手つなぎデートから濃厚なスキンシップ……挙句の果てには——!?

B6判　定価：640円＋税　ISBN 978-4-434-24321-9

本書は、2015年9月当社より単行本として刊行されたものに書き下ろしを加えて文庫化したものです。

エタニティ文庫

おいしいパートナーの見《み》つけ方《かた》

春名佳純《はるなかすみ》

2018年 4月 15日初版発行

文庫編集ー塙綾子
発行者ー梶本雄介
発行所ー株式会社アルファポリス
〒150-6005 東京都渋谷区恵比寿4-20-3 恵比寿ｶﾞｰﾃﾞﾝﾌﾟﾚｲｽﾀﾜｰ5階
TEL 03-6277-1601（営業） 03-6277-1602（編集）
URL http://www.alphapolis.co.jp/
発売元ー株式会社星雲社
〒112-0005東京都文京区水道1-3-30
TEL 03-3868-3275
装丁イラストーアキラウタ
装丁デザインーansyyqdesign
印刷ー株式会社暁印刷

価格はカバーに表示されてあります。
落丁乱丁の場合はアルファポリスまでご連絡ください。
送料は小社負担でお取り替えします。

ISBN978-4-434-24468-1 C0193